Deseo™

Ámame otra vez

Ann Major

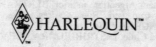

HARLEQUIN™

Editado por HARLEQUIN IBÉRICA, S.A.
Núñez de Balboa, 56
28001 Madrid

I.S.B.N.: 978-84-671-7360-4
Depósito legal: B-24498-2009
Editor responsable: Luis Pugni
Preimpresión y fotomecánica: M.T. Color & Diseño, S.L.
C/. Colquide, 6 portal 2 - 3º H. 28230 Las Rozas (Madrid)
Impresión y encuadernación: LITOGRAFÍA ROSÉS, S.A.
C/. Energía, 11. 08850 Gavá (Barcelona)
Imagen de cubierta: MICHAELJUNG/DREAMSTIME.COM
Fecha impresion para Argentina: 15.2.10
Distribuidor exclusivo para España: LOGISTA
Distribuidor para México: CODIPLYRSA
Distribuidores para Argentina: interior, BERTRAN, S.A.C. Vélez
Sársfield, 1950. Cap. Fed./ Buenos Aires y Gran Buenos Aires,
VACCARO SÁNCHEZ y Cía, S.A.
Distribuidor para Chile: DISTRIBUIDORA ALFA, S.A.

Capítulo Uno

El temor atrapó a Diana Branscomb cuando se alejó de su acompañante, Bruce Dixon. A pesar de sentirse ridícula y estúpida por salir corriendo como una niña asustada, y culpable por haber abandonado a Bruce con el horrible abogado que le había acorralado con un montón de historias aburridas acerca de viejos compañeros y conocidos, no pudo evitarlo, y no iba a dar la vuelta.

Se abrió camino por entre la multitud que abarrotaba el club nocturno, uno de los mejores de Houston.

¡Escapa! Fue lo primero que se le ocurrió pensar cuando Ross la miró desde el otro lado de la abarrotada sala. Instantáneamente, Diana se olvidó del humo espeso que la envolvía, de la presión y el calor de la densa humanidad que la rodeaba.

Durante el instante que duró esa mirada, la asaltaron un millón de recuerdos, algunos de ellos casi podía sentirlos a causa de la intensidad. Durante una fracción de segundo pudo ver la cara de Tami, pálida, sus delicados labios, que empezaban a adquirir un color azulado, y sus ojos cerrados para siempre. Pudo ver también a Ross llevando el cuerpo en brazos hacia la ambulancia, y oyó el ruido de la sirena en el, habitualmente, silencioso bosquecillo. Ella se había quedado allí, de pie, al lado de Ross, bajo los gigantescos cipreses que clavaban sus raíces en la tierra y casi arañaban las nubes con sus copas.

Otros recuerdos, sin embargo, eran más agradables y cálidos. Recordó la primera vez que Ross la había visto como una hermosa y deseable mujer, no solamente como una chiquilla.

La primera vez que se citaron, Ross le regaló una rosa de color rojo sangre, y cuando ella la rozó con los labios, los pétalos todavía guardaban la tibieza de sus dedos. Recordó también el ansia de su primer abrazo bajo la luna llena que les mandaba sus rayos a través de los pinos que poblaban esa parte del sudeste de Texas.

Esos recuerdos la hicieron caer en la nostalgia, y sintió verdadera pena de que, el hombre que una vez la había amado tan completamente, hubiera decidido no volver a verla.

Diana se estremeció y, empujando las puertas de cristal, salió a la terraza. Se encontraba extrañamente nerviosa, pero pensó que podía ser debido al calor del verano. Desde donde estaba, podía ver casi todo Houston, y las luces de los demás rascacielos le indicaban que estaba en una ciudad rica y próspera y que no tenía el más mínimo motivo real para estar triste; pero lo estaba y no sabía realmente por qué.

Se dio cuenta de repente de que, en realidad, nada le importaba en la vida excepto Ross. Ni su meteórico ascenso en los negocios, ni su lista de importantes clientes, ni el montón de nombres solteros que, habitualmente, la acompañaban, en una especie de fin de semana inacabable, de fiesta en fiesta, y que era lo que le servía a ella para hacer sus valiosos contactos.

Tenía una habitación llena de trajes de alta costura y una casa bastante agradable en uno de los barrios más prestigiosos del sudoeste de la ciudad. Tenía todo lo que podía comprarse con dinero, pero, en lo más profundo de sí misma reinaba el más terrible de los vacíos.

Estaba loca por haberse dado cuenta de eso aquella noche y no tres años antes. Había destruido su matrimonio deliberadamente, racionalizando sus acciones y convenciéndose a sí misma de que su relación había sido imposible desde el principio, de que incluso, si no hubiese existido Tami y no hubiera pasado lo que pasó, Ross y ella eran demasiado diferentes como para que su matrimonio fuera bien.

Ella había nacido para ser rica y llevar una vida fácil, mientras que Ross, un hombre curtido por la intemperie y a la vez un brillante ejecutivo, era un hombre que se había hecho a sí mismo. Nacido en la zona más pobre de Louisiana, no le gustaba el estilo de vida brillante que a ella le parecía imprescindible. Había tratado de persuadirla para que lo abandonara; incluso había llegado a decirle que a ella le gustaba porque así se lo había hecho creer su madre, Madeleine. Durante alguna de sus depresiones, Diana había llegado a creerlo.

Apartó rápidamente de su mente cualquier pensamiento relacionado con Madeleine. En vez de eso, empezó a recordar la rústica casa de dos pisos que Ross y ella se habían construido en lo más profundo de los bosques de pinos del este de Texas. Ross había llegado a amar ese hogar, su simplicidad, lo salvaje del entorno. Había construido él mismo la casa y nunca pudo comprender por qué Diana prefería una casa más elegante cerca del club de campo.

–Esas casas son todas iguales. Son idénticas a la casa de tus padres. La nuestra es única, es sólo nuestra –le decía.

Bueno, había perdido a Ross, a Tami, y se había marchado a Houston a construirse una nueva vida, una vida importante y agradable, se decía a sí misma demasiado a menudo. Y ahora, de pronto, se daba cuenta después de tres años de que, sin Ross, no le importaba nada.

Nada excepto Adam, se corrigió rápidamente. Todavía le quedaba su hijo adoptivo de diez años. Adam era lo único que hacía llevadera su vida; era hijo de Ross, de su primer matrimonio, y ella le había adoptado legalmente cuando se casó con él ocho años antes.

Ross permitía que le visitara frecuentemente, aunque nunca hablaba directamente con ella. Era Madeleine quien arreglaba las citas. Precisamente Adam acababa de hacerle una visita de cuatro semanas, aprovechando que estaba de vacaciones. Ella le había dejado en un campamento, a donde iría a buscarle Ross una semana más tarde para llevárselo a Orange.

Sonrió, como hacía siempre que pensaba en Adam. Era muy alto para su edad y cada día se parecía más a su padre. Estaba muy moreno después de haberse pasado un mes entero tomando el sol en Galveston.

Cuando el día anterior se despidió de él en el campamento de Boy Scouts de Lake Conrie, Diana pensó que era el más guapo de todos los chicos. Fue la última madre en marcharse.

Cuando se metió en el coche, agradeció el aire acondicionado y se alegró de alejarse de allí y dirigirse hacia el confort de la civilización. A pesar de todo, le echaba de menos y estaba preocupada por haberle dejado en un sitio tan incómodo y salvaje.

Los pensamientos de Diana se centraron otra vez en el hombre cuya súbita e inesperada aparición la había impresionado tanto. ¿Qué estaría haciendo Ross allí esa noche?, se preguntaba una y otra vez. Sabía, por supuesto, que él no debía de tener ni idea de que ella iba a ir también, si no, no hubiera estado allí. Durante tres años, se habían estado evitando el uno al otro.

Ni la más leve brisa movía el provocador vestido que se había puesto para esa ocasión.

Diana era guapa, pero no de una forma ordinaria y voluptuosa. Tenía la cualidad de que cuando entraba en una habitación, todos los ojos se volvían hacia ella. Era alta, demasiado, según su propia opinión. Era muy distinta al resto de sus parientes, bajitos y fuertes. Cualquier cosa con la que se vistiera le sentaba bien, incluso unos pantalones vaqueros y una camisa. Si hubiera querido, podía haber sido modelo, pero sus otros talentos le habían llamado más la atención y se había decidido a estudiar Arte y Decoración.

Tenía el pelo negro y largo. Su piel era de un suave color tostado que armonizaba perfectamente con el pelo, y tan suave que nadie podría decir que ya tenía treinta años. Los enormes ojos azules destacaban en su rostro, dándole una apariencia de ingenuidad que contrastaba con los sensuales labios. Había a su alrededor un aura de suavidad y vulnerabilidad que hacía caer en sus redes a los hombres y que éstos sintieran deseos de protegerla.

El choque del aire refrigerado que salió por la puerta cuando se abrió la tomó por sorpresa. Durante un momento, el ruido del interior pareció trasladarse a la terraza para, inmediatamente después, apagarse de nuevo cuando la puerta volvió a cerrarse. El aroma de una colonia conocida hizo que se volviera.

—¡Oh, Bruce! —dijo agarrando del brazo al hombre que acababa de salir.

El contacto de su fuerte brazo no la reconfortó demasiado, pero, de toda formas, siguió agarrada a él.

—Te echaba de menos —le dijo él con voz profunda y amable.

Las canas le brillaban en la noche. En la oscuridad, las arrugas que tenía bajo los ojos eran invisibles y, por primera vez, Diana se dio cuenta de lo atractivo que debía de haber sido. A pesar de tener sesenta años, todavía era un hombre atractivo.

Bruce era el dueño del chalé vecino al suyo, y se habían conocido dos años antes en la piscina de la urbanización. Desde entonces, se habían hecho muy buenos amigos, y ninguno de los dos quería nada más que esa relación.

Bruce tenía un nieto de diez años, Robby, que visitaba a su abuelo durante los veranos, la época en que también Adam iba a verla a ella. Los dos niños eran grandes amigos, y Diana y Bruce solían llevárselos juntos de excursión.

Esa amistad entre el hombre maduro y la muchacha era causa de especulaciones entre las numerosas solteronas que poblaban la zona donde vivían.

Bruce era un hombre viudo que hacía un par de

años había vuelto a casarse. Su segunda esposa se había casado con él porque era fabulosamente rico. Después de divorciarse de ella, se mostraba muy cauteloso en lo que se refería a las mujeres.

–Demasiado cauteloso –le decía Diana a menudo.

Era evidente que a Diana no le apetecía mucho tener relaciones con otros hombres, lo que, muy discretamente, había producido ya algún que otro comentario por parte de Bruce.

Por otra parte, a ella no le importaba demasiado si les parecía atractiva o no a los hombres. Esa parte de su vida pertenecía a otros tiempos. Además, no estaba divorciada... legalmente. Justo un poco antes de separarse de Ross, éste, en un último acto de galantería, le había dicho que le concedería el divorcio si quería. Pero ella nunca se lo había pedido.

–Me fastidia traerte de nuevo a la realidad, pero no creo que pueda soportar por más tiempo estar en este... eh... jolgorio. ¿No te importaría si nos vamos?

–De acuerdo, Bruce. Si quieres...

Cuando él abrió la puerta tuvo que gritar para hacerse entender debido al alto volumen de la música.

–Mira, alguno de los abogados que van a intervenir en el proyecto Harroll de que te hablé están en la ciudad y Doug les ha traído a la fiesta. Me gustaría presentártelos.

–Oh, Bruce. No me apetece demasiado.

–No me digas que no vas a dejar que un viejo impresione a sus amigos con una chica tan guapa como tú. ¡A ver si no voy a poder presumir de ligar!

–Yo no soy tu ligue.

–Eso lo sabemos tú y yo. Pero ¿por qué no voy a poder poner celosos a esos vejestorios que no tienen a una chica como tú que les haga olvidarse de la edad que tienen? Quiero ponerles los dientes largos.

Diana no dejaba de mirar para ver si veía a Ross, pero no estaba en ninguna parte. Probablemente había hecho mutis por el foro lo más discretamente posible hacía ya rato; pero no podía estar segura.

Cuando llegaron a la mesa donde estaban sentados y su vista se acostumbró a la oscuridad, se dio cuenta de que, en efecto, la mayoría de los hombres que había allí debían de tener, poco más o menos, la edad de Bruce. Le sonrieron calurosamente y le dieron la bienvenida encantados, como si ella fuera un rayo de luz en un día nublado.

La sonrisa con que intentó responderles se heló en sus labios cuando, entre ellos, reconoció a Ross, que había permanecido semioculto por una silla. De repente, se le secó la boca tanto, que no pudo decir nada, ni siquiera el saludo de cortesía que esperaban de ella. Estaba demasiado preocupada por la presencia de Ross y por la situación desagradable que le había creado a él su aparición.

Tenía el cuerpo tan rígido como el suyo. Como sin darle importancia, tomó la pitillera de oro de uno de los que estaban sentados en la mesa y sacó un cigarrillo. Rascó una cerilla y lo encendió. Gracias al resplandor de la llama, Diana pudo verle bien por primera vez esa noche.

Observó fascinada cómo encendía el cigarrillo, cómo se lo acercaba a los labios. Ross no fumaba casi nunca, solamente cuando se ponía muy nervioso.

Estaba tan guapo como cuando le vio por última

vez. Incluso más, pensó desesperada mientras le devoraba con los ojos. Solamente mirarle le producía escalofríos.

Toda esa imagen viril le era tan querida... La oscuridad de su pelo, ese rizo tan familiar que le caía sobre la frente y que jamás podía colocar en su sitio, los ojos castaños bajo las espesas y negras cejas y bordeados por esas impresionantes pestañas.

Siempre le había dicho que tenía las pestañas demasiado largas para un hombre, a lo que él siempre le respondía riéndose y preguntándole si es que parecía afeminado; ella no podía por menos que responder riendo también, ya que, si había algo que no se le podía negar a Ross era una completa masculinidad.

De repente, pudo hasta casi sentir cómo la tocaban esos labios sensuales. El corazón se le subió a la garganta y sus dedos se clavaron en el brazo de Bruce.

La fuerte mano de Ross había agarrado el vaso que tenía delante y, levantándolo, se bebió el whisky de un solo trago. Sus cejas se juntaron en un gesto que demostró su contrariedad. Quería irse de aquel lugar, apartarse de la única mujer que podía destruirle con sólo una sonrisa, pero no podía marcharse sin quedar mal delante de todos, y no iba a darle el gusto tampoco de que le viera salir corriendo.

¡Demonios! ¿Es qué no había corrido ya lo suficiente durante los últimos tres años? ¿Es que no era ya hora de demostrarle que había logrado olvidarla por fin? Pues parecía que no, todavía le producía angustia el observarla, tan serena y bella, del brazo de Bruce Dixon, un hombre al que él mismo admiraba por su genio en los negocios. Le fastidiaba verla del brazo de un hombre mucho más rico, con una posición mucho más sólida que la suya. Además, Bruce era mucho más viejo que ella. Aunque eso importaba poco, se dijo a sí mismo rápidamente. Debería alegrarse; se alegraba de que ella estuviera con otro hombre, de que él estuviera completamente fuera de su vida.

Se forzó a sí mismo a seguir mirándola, a pesar de que su cabeza se negaba a mantenerse serena por la cantidad de whisky que había bebido ya. Estaba borracho desde hacía una media hora, exactamente desde que la vio. Se imaginó lo que había detrás de ese vestido oscuro y recorrió con los ojos ese cuerpo del que, en otro tiempo, había disfrutado.

Hacía mucho tiempo que no había estado con una mujer y tenía a Diana delante de él, sensual y seductora. El deseo le atravesó como un ramalazo caliente. Siguió mirándola con una insolencia deliberada, pensando que se podía permitir el pequeño placer de intentar hacer que ella cayera también en su mismo estado de deseo.

Ross dejó que sus ojos la explorasen lentamente el cuerpo, hasta que llegó con su mirada hasta su pálido rostro.

–Ha pasado mucho tiempo, Diana –dijo él por fin.

–Sí, mucho tiempo –le contestó ella, incapaz de decirle otra cosa.

Estaba allí, de pie delante de él, temiendo lo que pudiera ocurrir. La estaba mirando de una forma tan provocativa que la estaba poniendo más nerviosa aún. Parecía como si no pudiese apartar la mirada de ella.

–Diana es mi vecina –estaba explicando Bruce a los hombres que estaban al lado de Ross.

–Tenéis mucha suerte los solteros –le contestó uno de ellos.

La expresión de Ross se hizo más agria cuando oyó eso. Nunca llegó a comprender del todo por qué actuó como lo hizo, de una forma ciega e instintiva. Se levantó haciendo que Diana se sintiese muy pequeña y femenina en comparación con él. La agarró suavemente por el codo y ese contacto hizo que ella sintiera como si la traspasase una corriente eléctrica.

–Branscomb, espero que no se le vaya a ocurrir intentar ligarse a la mujer de Dixon. No se olvide de que es él el que controla todo el dinero –le dijo uno de los presentes bromeando.

–¿La mujer de Dixon...?

La frase en cuestión estuvo a punto de acabar con el aplomo de Ross, aunque trató de forzar una sonrisa.

Antes de que Ross pudiera replicar, Bruce se volvió y miró a Ross y a Diana con bastante interés.

–¿Branscomb...? Es el mismo apellido. ¿Sois parientes?

–Lejanos –murmuró Ross agradeciendo que Bruce le ofreciera la oportunidad de dar esa excusa a su propio y desagradable comportamiento–. Iba a preguntarle a mi... prima si quería bailar. Tenemos mucho que hablar de los viejos tiempos.

–Ross –trató de protestar Diana, asombrada por la mentira que acababa de oír–, no creo que debamos...

–Yo nunca he hecho lo que no debía en lo que a ti concierne, ¿no, Diana? –le preguntó agriamente Ross, ya fuera del alcance de los oídos de los demás mientras la arrastraba hacia la pista de baile.

Sabía que se estaba portando muy groseramente, pero no podía evitarlo.

13

Cuando llegaron a la pista de baile, ella se le quedó mirando durante un instante, paralizada por la intensidad con que la contemplaba. Había algo en esa ruda mirada, alguna cualidad íntima que hacía que sus huesos se volvieran líquido y que su respiración se transformara en un rápido jadeo.

¡No debería hacer eso!, le gritaba una vocecita. ¡Tenía que guardar las distancias! Pero, cuando notó cómo su cuerpo se introducía en el fuerte círculo que formaban los brazos de Ross, no volvió a pensar en protestar.

Un montón de sensaciones físicas la atravesaron mientras seguían el compás de la música y recordaba otras noches pasadas, cuando todavía se amaban. Odiándose a sí misma, dejó que su cuerpo se apretara fuertemente contra el de Ross.

Podía notar cómo sus manos le recorrían lentamente la espalda. Ella, a su vez, mantenía las manos apoyadas contra su pecho y notaba cómo el corazón le latía violentamente. Estaba claro que no le era indiferente, por lo menos físicamente.

Levantó los brazos y le rodeó el cuello, mientras él la apretaba la cintura aún más. Así era como siempre habían bailado, muy juntos, íntimamente, como si fueran el único hombre y la única mujer del mundo. Involuntariamente, sus dedos se deslizaron por el espeso y oscuro cabello de Ross.

Había deseado mucho ese momento; lo sabía ahora. Durante tres años le había rehuido deliberadamente, por lo menos, tanto como él la había rehuido a ella. Se había construido un muro defensivo a su alrededor proclamando a los cuatro vientos que ya no necesitaba a ningún hombre, que el amor era una emoción que había enterrado en su pasado. Y ahora, de repente, se daba cuenta de la verdad. Le había querido a él y solamente a él, pero no había sido lo suficientemente fuerte como para afrontarlo hasta entonces. Y eso no era todo.

Quería volver con Ross, desesperadamente. Quería volver a empezar; pero cuando recordó todo lo que ella había hecho para herirle, se dio cuenta de que iba a tener que mantenerse lejos de él. Una vez casi llegó a destruirle.

Ross era un buen bailarín, se movía fácilmente y su cuerpo parecía flotar en armonía con el ritmo de la música; la llevaba tan firmemente que Diana supo que sería inútil resistirse.

—Ross —empezó a decirle con la leve esperanza de que hubiera podido perdonarla—. ¿Por qué estás haciendo esto? Una vez dijiste que no ibas a querer tocarme nunca más.

—Sí, pero entonces no sabía cómo me iba a sentir esta noche. Tres años de soledad, seis whiskys dobles y la visión de tu cuerpo a través de esa especie de cosa transparente que llevas puesta, pueden afectar poderosamente a un hombre.

Diana trató de separarse de él, pero no pudo.

—Si eso es todo lo que sientes, deja que me vaya... Yo...

—No pretendas preocuparte ahora por cómo me siento, Diana —le dijo pasando la mano por detrás de su cabeza y haciendo que se acercara aún más—. Y, por otra parte, ¿por qué tendría que ponértelo fácil? Eres como una bruja, como algo que me ha estado sacando de quicio durante tres años, que no he podido alcanzar durante todo ese tiempo sin que tuviera la más mínima importancia cuánto lo deseara. Tres años, y todavía te quiero. Todavía siento...

Paró de hablar de repente, odiándose a sí mismo incluso más de lo que estaba dispuesto a odiarla a ella.

Diana sintió la repentina necesidad de olvidarse de su orgullo y de comunicarse honestamente con él.

–Ross, lo siento mucho... por todo.

–Probablemente sea cierto. Pero los «lo siento» no arreglan las cosas. No estoy seguro de que hayas aprendido eso. Siempre has sido como una niña, Diana.

Ella le miró en silencio.

–Hasta que fue demasiado tarde –dijo por fin con un aire de tristeza–, pero, Ross, he crecido. Y hay algo muy importante para mí que creo que he querido decirte desde hace bastante tiempo.

–¿Qué?

–Que... –de repente le resultó tremendamente difícil decir una frase tan simple como ésa–. Yo... yo todavía te quiero.

Ross dudó, como si no la hubiera oído bien.

Ella se esforzó en seguir hablando.

–Te quiero mucho. Nunca me di cuenta de lo que significaba para mí todo lo que hicimos juntos.

–Una vez... hubiera dado cualquier cosa por oírte decir eso de nuevo. Después de la muerte de Tami... si hubieras venido a mí... sólo una vez hubiera... Pero no importa, nada de eso importa ya.

–Sí, sí que importa. Dime lo que ibas a decir.

–No.

–Ross, sé que entonces estaba equivocada. Nunca debí culparte por lo que pasó.

–No quiero hablar de eso.

–Pero he cambiado, de verdad que lo he hecho.

–Me alegro –le dijo él con frialdad.

Sus hermosos y morenos rasgos ocultaron todas sus emociones cuando inclinó la cabeza y la miró.

–Te amo.

–Si eso es cierto –dijo él indiferente–, entonces lo siento por ti.

–¿Que lo sientes por mí?

–Sí –le contestó con un deje de amargura en la voz–. Porque sé lo desagradable que es amar a la persona equivocada.

–¿Qué dices?

–Que ya no quiero tu amor, Diana. Desde hace ya mucho tiempo.

De repente, ella se dio cuenta de que habían dejado de bailar hacía rato. Ross la había llevado hasta el oscuro interior de una de las tiendas árabes que decoraban el club. La sujetaba con mucha fuerza y, como tenía las caderas completamente pegadas a las de él, Diana pudo darse cuenta de lo excitado que estaba. Notaba su cálida respiración sobre su frente y pudo oler el aroma a whisky y tabaco que despedía.

–¿Qué es lo que quieres, Ross?

–Lo que querría cualquier hombre en estas circunstancias de una mujer como tú... esto.

En el último momento, antes de que le tocara su boca, la luz que se reflejaba en sus ojos la hizo casi desvanecerse. Esa luz hacía que se despertasen en ella todos los instintos dormidos que tanto esfuerzo le había costado olvidar. ¡Pero no podía permitirse tener esos sentimientos! Una fiera desesperación se apoderó de ella. ¡Tenía que pararle los pies!

Un pánico ilógico se apoderó de ella y empezó a

empujarle, tratando de quitárselo de encima. Pero era frágil en comparación con la robustez de Ross.

La resistencia que opuso sólo logró excitarle aún más. Ross la besó una y otra vez, lentamente, derribando su resistencia. Una ola de pasiones tumultuosas la inundó, pidiéndola que cediera a esos besos. Sus labios se abrieron provocadoramente, de forma que la lengua del hombre que la besaba ya no encontró ningún obstáculo más en su camino.

El encanto de ese abrazo la sobrepasaba. A él le echaba mucho de menos, pero añoraba sobre todo su apasionada forma de hacer el amor.

El mundo entero daba vueltas a su alrededor. Solamente Ross, en el centro del mundo, estaba quieto como una roca. Se colgó a él, abrazándole con fuerza y apretando su cuerpo todo lo que podía al de él. Quería que la abrazara siempre, que nunca la dejara marchar.

Ella era tan deliciosa como Ross recordaba. El pulso le latía con una violencia inusitada a causa del deseo que sentía. La besaba con una violencia salvaje, con hambre, hasta que ella se quedó casi sin respiración. Quería que se olvidara de todo excepto de él. Lentamente, trasladó la boca hasta la garganta, el pecho, hasta llegar a uno de los oscuros pezones, que saboreó con deleite.

Sólo paró cuando notó que a Diana le temblaba todo el cuerpo.

—Diana, quiero dormir contigo esta noche. Pero, eso es todo lo que quiero de ti... ahora y para siempre.

Capítulo Dos

–¿Todo lo que quieres de mí? –preguntó Diana–. No te comprendo.

–Necesito probarme a mí mismo de una vez por todas que he logrado librarme de ti, que no eres diferente de cualquier otra mujer atractiva que me pueda encontrar en un bar y llevármela a casa para pasar la noche.

Era una petición loca y, probablemente, destructiva para ambos. Al principio, ni siquiera pensó que lo dijera en serio. Estaba hablando como si tuviera la costumbre de ir por ahí acostándose con la primera mujer que se encontrara, y Diana sabía de sobra que no era así.

–Oh, Ross, no –murmuró ella confundida por las emociones que la embargaban: dolor, arrepentimiento y amor, la más penosa de todas–. No debemos... no así... no cuando en realidad no tienes por qué preocuparte más por mí. ¿Por qué no podemos dejarlo todo como estaba, en el pasado?

–Porque te he vuelto a ver esta noche.

–Podemos olvidar.

Él se rió.

–Me gustaría que fuese tan fácil. Maldita seas, Diana, por hacer que te desee otra vez.

–Ross...

Él le puso un dedo en los labios indicándole que

no siguiera hablando, interrumpiendo lo que iba a ser una petición de perdón.

–¿Es que no nos hemos equivocado todavía lo suficiente, Ross, como para tener que hacer esto ahora?

–Si me amas, vente conmigo a la cama... por última vez. A lo mejor entonces me doy cuenta de que estás completamente fuera de mi vida –le pidió rudamente, sin tener en cuenta que estaba jugando con la más profunda emoción de su corazón–. Me debes mucho, Diana. Y lo sabes.

A lo mejor de alguna manera lo sabía, pero ¿por qué tenía que pedirle ese último sacrificio? Cuando le miró abiertamente a la cara y vio esos implacables rasgos, se dio cuenta de la desesperación de sus propios sentimientos. No hubiera querido que eso pasara entre ellos... ese reencuentro de sus cuerpos, como unos extraños, cuando realmente, ninguno de los dos lo quería.

Diana no estaba segura de que esta vez pudiera llevar bien la situación cuando él la dejara. Y todavía estaba demasiado afectada por todo lo que había pasado entre ellos. Quizá sí le debiera todo lo que le estaba pidiendo ahora. Si le pudiera ayudar de alguna manera... no le importaría lo mucho que le pudiera dañar a ella.

–Supongo... que te debo algo –admitió por fin con voz trémula.

Se produjo una larga pausa entre ellos. Entonces, ella sintió sus dedos acariciándole la barbilla, levantándole el rostro de forma que sus labios pudieran besarla otra vez, inundándola de nuevo con la primitiva furia de su deseo, hasta que ella se sintió mal por la necesidad que tenía de él.

Ambos notaron una sensación de peligro, como si se estuvieran sumergiendo en las profundas aguas de la pasión, en las cuales no hay posibilidad de retorno. Pero ella era parte del cuerpo de Ross. Necesitaba tenerla, sentir la textura satinada de su piel, oler sus deliciosos aromas, aunque fuera solamente una noche.

Diana sabía que debía haber protestado, que tenía que haberse negado rotundamente, pero víctima de la exquisita sensación que estaba experimentando, arqueó el cuerpo para que pudieran estar aún más unidos, cediendo a una fuerza primitiva contra la que no podía luchar. Le temblaba el cuerpo entero mientras él exploraba el interior de su boca. Le deseaba totalmente, primitivamente, le ansiaba como nunca antes lo había hecho. En ese momento, ella habría hecho cualquier cosa que le hubiera pedido.

Entonces, él separo los labios de su boca, aunque seguía manteniéndola firmemente pegada a él.

–¿Qué dices, te deshaces de Dixon y dormimos juntos esta noche?

–Sí... sí.

Él la dejó marchar y Diana se dirigió inmediatamente a la mesa donde se habían quedado los demás. Bruce estaba envuelto en una ardua discusión con sus abogados. El hombre pareció casi alegrarse cuando le dijo que Ross podía acompañarla a casa. Levantándose de la silla, le dio un beso de despedida y Ross y él se dieron la mano calurosamente.

Cuando llegaron al aparcamiento subterráneo, Ross se dirigió hacia su furgoneta, pero Ross le interrumpió señalándole la dirección contraria.

–Bruce ha dejado el coche abierto. ¿No te importa si recojo un paquete que me he dejado allí?

–En absoluto.

Se acercaron al precioso deportivo rojo de Bruce.

Diana tomó la cesta de la compra y oyó los fuertes pasos de Ross al acercarse.

–Me lo tenía que haber imaginado –murmuró él con voz sarcástica.

–¿El qué?

–El coche –dijo fijándose en el distintivo de la parte delantera–. Bruce tiene un Ferrari –continuó Ross recordando la predilección de Diana por la velocidad y los coches rápidos–. Me imagino que eso es lo que ha podido hacer que un hombre de su edad se pueda liar con una muchacha que podría ser su hija.

–¡A lo mejor no me conoces tan bien como te crees, Ross Branscomb! Y si es ésta tu desagradable forma de intentar introducirte en mi vida, imaginándote que Bruce y yo somos amantes, no me gusta. La forma en que llevo mi vida es problema mío. Perdiste cualquier derecho a juzgar mis actos el día en que te marchaste.

¿Por qué no se limitaba simplemente a negar lo que él le había dicho? Porque, pensó furiosa, ¡aquél no era asunto suyo!

–Entonces, ya me has respondido, ¿no? –le preguntó él, sombrío, dejando que su brillante mirada la recorriera de arriba abajo y devorara cada curva que se adivinaba a través del insinuante vestido–. Espero que no le moleste hacer el ridículo.

–¡Oh!

Aquella última observación fue la que acabó con su paciencia. Le hubiera abofeteado si él no la hubiera sujetado por las muñecas, acercándosela tanto a su cuerpo que pudo notar cada uno de sus músculos. Ella estaba más enfadada y frustrada que nunca.

–¡No quiero acostarme contigo, imbécil! –le gritó derramando lágrimas de humillación–. No ha habido ningún otro excepto tú, tú... tú, odioso, tú... desagradable... Has dicho que podías hacerme salir de tu vida. ¡Bien! Yo creo lo mismo. Qué agradable es querer a alguien que no te va a querer nunca, alguien a quien no vas a olvidar...

–Diana –le dijo él suavemente–. Lo siento. No debí haber dicho lo que dije. No sé por qué he tenido que herirte. ¡Como si no nos hubiéramos hecho ya el suficiente daño en el pasado!

Eso fue todo lo que dijo, pero fue más que suficiente para relajar la tensión que había habido entre ellos. Siguió manteniéndola entre sus brazos durante un momento más, consolándola. Amablemente, sacó un pañuelo del bolsillo de su chaqueta y le secó las lágrimas que corrían por sus mejillas.

Se dirigieron a la furgoneta.

–¿Te importaría conducir tú? Conoces mejor que yo Houston y...

A Ross nunca le había gustado conducir cuando había bebido, aun cuando, como en esta ocasión, no se le notara.

–De acuerdo.

Se esforzó en conducir más despacio y con más cuidado que de costumbre, ya que Ross siempre le criticaba su forma de conducir en el pasado.

–¿Qué estás haciendo en Houston, Ross? –le preguntó Diana mucho más tarde, después de un frenazo brusco ante un semáforo.

No habían hablado nada desde que salieron del aparcamiento.

El ruido producido por el cinturón de seguridad cuando él se lo abrochó, le hizo mirarle. Se dio cuenta de que estaba un poco pálido.

–Tengo algunas inversiones aquí... unos edificios de apartamentos y un pequeño edificio que tengo que comprobar.

–Oh, ¿has puesto algo de dinero en las Torres Harroll?

–Eso todavía no está a mi alcance, Diana. Por si lo has olvidado, sólo soy un pobre chico que está tratando de abrirse camino.

No había sarcasmo en lo que había dicho y, cuando ella le miró a los ojos, no vio tampoco amargura.

–Y que está completamente decidido a valerse por sí mismo –continuó Ross suavemente, recordando las dificultades que les había traído una vez su inflexibilidad en ese asunto.

–Eso está bien.

Era raro, pero ahora ella sentía admiración por esa actitud suya que, una vez, llegó a considerar cabezonería. Desde entonces, ella había aprendido la alegría de tener éxito en los negocios. Por supuesto, al contrario que Ross, ella sí que había aceptado la ayuda inicial y generosa de su padre, tanto en capital como en avales financieros, además de algunas transferencias de dinero cuando el negocio no había marchado bien, aunque le había devuelto todo cuando las cosas mejoraron.

El semáforo se puso verde y Diana apretó a fondo el acelerador, por lo que la furgoneta casi rozó un

Volkswagen que hizo sonar el claxon ruidosamente. Una moto les evitó en el último momento, y sé metieron a gran velocidad en la autopista, con la furiosa energía de un toro bravo embistiendo un capote.

–No podía comprender cómo podía pensar de esa manera, Ross, pero ahora, creo que sí puedo –le iba diciendo más concentrada en sus propios pensamientos que en la carretera.

Una de las veces que miró a Ross, se dio cuenta de que él estaba prestando más atención a la carretera que a lo que ella estaba diciendo. Se puso pálido cuando pasaron rozando un camión de limpieza. Le pareció que habían pasado a pocos centímetros.

–Yo sólo quería que nos mudáramos a la ciudad y que tuviéramos una casa bonita, un coche y...

–Otro montón de cosas caras que yo no podía permitirme y que, sin embargo, tu padre sí que podía.

–Mamá siempre se estaba preguntando qué podría pensar la gente de que su hija estuviera viviendo en un antro en el bosque...

–¡Un antro! –exclamó él, apartando por primera vez la vista de la carretera–. Esa casa estaba mucho mejor construida que cualquiera de los otros sitios que nos estuvo buscando. ¡Maldición! –dijo, intentando dominarse–. ¿Qué estoy haciendo? A mí no me preocupa lo que pensara Madeleine. ¡Y a ti tampoco tendría que haberte preocupado! Diana, tienes treinta años, no tienes por qué estar pendiente de lo que esa mujer pueda pensar. Hazme un favor, vamos a mantener a Madeleine fuera de la conversación por esta noche.

–De acuerdo –le contestó apretando de nuevo el acelerador como si aquello fuese una especie de venganza.

Rápidamente, puso el intermitente para pasar muy apuradamente a un autobús que apareció como un rugiente monstruo en la ventanilla de Ross. Pasaron tan cerca que estuvieron a punto de colisionar.

–Mira, Diana, me está costando mucho trabajo no decirte nada acerca de tu forma de conducir pero, ¡lo de ese autobús ha sido ya demasiado! –al decirle eso, pensó que estaba pareciendo mucho más un marido que un hombre que hubiera ligado con una desconocida.

–¿Ah, sí? Lo siento. Estaba... estaba tan interesada en lo que me ibas diciendo que se me olvidó la forma en que te gusta que conduzca.

Soltó el acelerador lo suficiente como para que la furgoneta se pareciera al carrito de la compra de una anciana. Ross se arrellanó en su asiento, relajándose. El color volvió a su rostro.

Un rato más tarde, retomaron la conversación.

–Mira, Ross, me imagino que, por mis circunstancias personales y familiares, no maduré demasiado pronto. Si no llega a ser por nuestro matrimonio, yo no hubiera cambiado jamás.

–Sí, en realidad tenías pocas ganas de hacerlo.

–No –murmuró ella cuando se acordó de cómo había sido en el pasado.

Había sido un verdadero incordio y, mirándolo bien ahora, Ross había sido infinitamente paciente con ella, lo que, entonces, ella no pensaba ni por asomo.

Durante una fracción de segundo deseó poder viajar en el tiempo y tener la oportunidad de rehacer esa época, sin cometer las mismas equivocaciones. Pero había aprendido algo muy importante: para ella no habría una segunda oportunidad.

Diana continuaba aumentando la velocidad y los semáforos pasaban como bengalas a su lado.

–Diana...

Se dio cuenta del tono de su voz y, obedientemente, redujo la velocidad. Cuando llegaron al lujoso edificio donde estaba el apartamento, casi levantó el pavimento con el frenazo. Ross suspiró aliviado, derrumbándose en su asiento.

–Nunca me he alegrado tanto de llegar a un sitio entero... o nunca me ha sorprendido tanto el hacerlo. Creía que el que estaba borracho y no podía conducir era yo.

–Entonces, teniendo en cuenta que has bebido un poco, no estás en posición de juzgar mi forma de conducir –le replicó ella sonriendo–. ¿Por qué te vuelves tan cobarde en el momento en que te metes en un coche?

–Eso sólo me pasa cuando conduces tú. Esta furgoneta no está pagada todavía, sin tener en cuenta el hecho de que no me hace demasiada ilusión que nos desmenuces tranquilamente en una de estas autopistas. En serio, Diana, me gustaría que fueras más despacio.

Cada vez parecía más un marido.

Diana asintió obedientemente.

El portero la reconoció enseguida y les abrió la puerta. Atravesaron algunos campos de tenis, un circuito de *footing* y una gran piscina. Uno tenía la impresión de encontrarse en un moderno Jardín del Edén y de que el mundo real se había quedado afuera, cuidadosamente apartado de esos privilegiados vecinos por la sólida verja de hierro.

Ross lanzó un silbido.

–Me lo tenía que haber imaginado.

–¿Es que no te había dicho Adam dónde vivía?

–Adam y yo no hablamos nunca de ti.

Diana sopesó el significado de lo que había detrás de esas palabras, dándose cuenta de lo convencido que estaba él hacía tres años cuando le dijo que quería apartarla por completo de su vida.

–Esto es demasiado, Diana. Es exactamente la clase de sitio donde me podía imaginar que te vendrías a vivir.

–Haces como si pareciera inmoral el vivir bien. Papá compró el apartamento como una inversión y yo se lo alquilé.

–Maravilloso... para los dos.

«Maravilloso». Pero, cuando él lo dijo, no pareció tan maravilloso, y eso hizo que Diana se enfadara.

–¿Por qué crees que está mal que viva aquí?

Ross se acercó al tablero de mandos y sacó las llaves del contacto.

–No creo que esté mal.

–Entonces. ¿Qué es lo que crees?

–Que no es necesario vivir en un sitio como éste para ser feliz.

–Ya lo sé.

–¿Sí? Entonces lo has aprendido después de que nos separáramos. Cuando estábamos casados... al principio... teníamos todos los ingredientes para hacer que nuestro matrimonio fuera bien. Éramos jóvenes y estábamos enamorados, pero como mucha más gente, no teníamos demasiado dinero. Yo pensé que importaría poco si vivíamos en una casa en el bosque que yo mismo me había construido y teníamos un solo coche.

–Y yo no podía comprender por qué no querías que papá nos prestara el dinero necesario para que nos compráramos una casa realmente bonita en la ciudad. Pero ahora, ya sé por qué pensabas así.

–Hubo mucha gente que dijo que me había casado con la hija del jefe por dinero. Tu propio padre me acusó de eso el día que nos casamos.

–No creo que él pensase eso en realidad.

–Ni yo. Pero todos los demás sí que lo hicieron. Tienes que admitir también que, aunque Richard pensara que era uno de sus mejores ejecutivos, yo no era precisamente el tipo de hombre que quería como yerno.

La verdad era que, la que no le dio nunca el visto bueno, fue su madre, Madeleine. Ella era la que llevaba los pantalones en la familia, y había sido ella la que forzó a su padre a decirle eso a Ross en el último momento en un intento desesperado por tratar de evitar la boda. Pero Diana no quería mencionar de nuevo a su madre.

–Sabes que ya hace tiempo que cambió de opinión, Ross –le dijo ella tranquilamente.

–Bien, si te hubiera sido muy necesario, podría hasta haber construido la casa cerca de la ciudad. Pero yo quería hacerla por mí mismo, sin la ayuda de tu padre. Ya había invertido todo lo que nos quedaba de dinero en acciones aquí en Houston cuando me di cuenta de lo mucho que odiabas nuestra casa.

–Yo no odiaba nuestra casa.

–Sí, sí la odiabas, Diana. Nunca pude entender el porqué. Desde la primera vez que te llevé a verla...

Ella lo recordaba demasiado bien. Unos brillantes rayos de sol se colaban por entre los árboles y daban directamente sobre el tejado y las paredes de cedro, haciéndolas brillar como el oro. Le había impresionado la belleza de la casa y sus alrededores. Pero había algo allí, algo que le producía como la vuelta de un sentimiento perdido. La sensación fue fugaz, como un sueño semirrecordado. No quiso quedarse allí, pero Ross la convenció con sus besos.

Esa misma sensación se volvió a repetir con frecuencia cuando se fueron a vivir allí, por eso, ella siempre quiso mudarse a la ciudad.

–Mis sentimientos no eran lógicos. No me pasaba nada con la casa y podría haber sido feliz allí. Pero yo era todavía una niña y, como nunca me acostumbré a vivir allí, no intenté comprender lo mucho que significaba para ti.

Ahora sí que lo comprendía. No sólo que había tenido toda la razón al sentirse orgullosa de su hogar, sino el motivo por el que él había intentado acceder a un nivel de vida lo más alto posible. Para él era muy importante hacer dinero porque ella provenía de una familia rica. Diana sabía ahora que, con los gustos simples que tenía él, no habría necesitado demasiados lujos en su vida, ni siquiera los que ella consideraba indispensables.

Diana siempre había tenido todo lo que el dinero podía comprar, de forma que le costó bastante aprender la cantidad de cosas que uno puede hacer cuando no se tiene demasiado y sólo se cuenta con el amor de un hombre como Ross. Ésa fue la lección que aprendió demasiado tarde.

–¿Por qué no continuamos con la conversación arriba?

La sangre corrió por sus venas como si fuera fuego al oír esa invitación. Había algo peligroso en su forma de comportarse, algo que provocaba una primitiva respuesta en sus propios sentidos.

Ross empezó a besarla allí mismo y ella trató de evadirse del sensual calor de sus labios, pero no pudo moverse ni un centímetro, en parte porque él no la dejaba y, en parte, porque ella tampoco pudo ordenar a su cuerpo que lo hiciera. Él la besó una y otra vez.

—Tú quieres subir esas escaleras tanto como yo, ¿verdad?

—Yo...

Ella ya estaba muy ocupada prestando atención a las manos de Ross, que se movían ligeras por su cuerpo, acariciándola íntimamente.

—¿No?

—Sí... Sí... —murmuró ella por fin.

Pero ¿por qué negar la verdad? Había existido una profunda atracción física entre ellos durante años, incluso antes de que se enamoraran. Estaba entre ellos todavía, a pesar de toda la tragedia y el dolor que les había apartado.

De repente, Diana se dio cuenta de que quería que Ross hiciera de nuevo el amor con ella, sin importar las razones que tuviera. Sabía que sólo entre sus brazos, en el conocimiento de pertenecerle otra vez, podría encontrar un consuelo momentáneo por todo lo que había perdido.

Capítulo Tres

Los cubitos de hielo tintineaban contra el cristal. Diana se movía rápida y ágilmente mientras echaba en un vaso whisky y, en otro, tónica.

Él le sonrió y desvió la mirada. Le había dado algunos minutos para que se acostumbrara a su presencia en la casa. Mientras esperaba, dejó que su vista se paseara por todo el lujoso apartamento. Tenía curiosidad por él, por saber dónde y cómo vivía Diana, a pesar de que no quería hacerlo. Había planeado aquello como una impersonal aventura sexual que podría hacerle olvidar para siempre a una mujer que le había hecho sufrir demasiado.

Con las paredes pintadas de blanco y, con algunos sillones azules colocados junto a las paredes, el apartamento de Diana daba una agradable sensación de espacio. Una maceta gigantesca contenía un árbol mexicano en uno de los rincones. Unas enormes puertas correderas de cristal daban paso a una terraza que recorría tres de los lados del edificio, por lo que desde allí podía verse una impresionante vista de Houston.

La casa estaba muy bien cuidada, demasiado para Ross, pero Diana era así. Estaba todo limpio y brillante. Cada uno de los detalles del salón había sido cuidadosamente elegido y meticulosamente colocado para que su presencia no se destacase más de lo estrictamente necesario con respecto a los demás. La manía perfeccionista de Diana con las casas podía ser debida a la influencia de Madeleine. Una vaga irritación invadió a Ross al pensar en su dominante y desagradable suegra.

Los ojos de Ross se posaron en la escalera de caracol que unía la zona del salón con los dormitorios. Se preguntó cómo sería el de Diana. Parecía haber sido muy sincera cuando le dijo que no había tenido amantes. Trató de quitarse ese pensamiento de la cabeza.

Ross se volvió hacia Diana; se estaba apartando un mechón de su oscuro cabello que le había caído sobre la mejilla. Echó para atrás la cabeza. El gesto estaba lleno de una gracia femenina increíble. No le cabía duda de que ella estaba pensando en lo que podría hacer para desviar la atención de la situación que su presencia allí había provocado. Ross pensó que le parecía terriblemente encantadora, frágil y vulnerable. De repente, se le ocurrió que ésa podría ser la causa de su nerviosismo. De todas formas, ¿qué le importaba a él cómo se sintiera Diana? Deliberadamente apartó de sus pensamientos ese sentimiento de protección.

–Tienes una casa muy bonita –le dijo mientras se acercaba lentamente a ella–. Te pega mucho. Los espacios abiertos, las vistas... Recuerdo que una vez me dijiste que vivir en el bosque te producía claustrofobia.

Cuando él fue a agarrar su vaso, sus dedos rozaron los de Diana levemente, y ella los apartó rápidamente, como si se hubiera quemado.

Sólo por ese roce ella supo enseguida que le pertenecía a él de la misma manera que en su noche de bodas. Un escalofrío la recorrió. Sin embargo, Ross ya no le pertenecía a ella.

–¿Quieres que pongamos algo de música? –le dijo ella tratando de no mirarle.

–Podría estar bien –le contestó Ross viendo cómo se levantaba a poner un disco–. Pero ¿por qué no... te pones...?

Se quedó callado de repente, dándose cuenta una vez más de lo fácil que era caer en los viejos hábitos con ella.

–¿Más cómoda...? –terminó ella la pregunta.

Aquélla era la forma en que él siempre le pedía que hicieran el amor.

La voz le había sonado horriblemente mecánica, no era la suya en absoluto y, cuando sus miradas se encontraron, Ross pudo ver lo tremendamente cohibida que estaba ella.

–Exactamente. Yo pondré la música –le contestó con un tono de voz completamente ausente de emociones, el mismo tono que habría podido utilizar para hablar del tiempo.

¿Cómo podía estar tan tranquilo, cuando ella notaba como si se estuvieran haciendo el amor? Cada palabra, cada mirada que la dirigía era una tortura. Iba a salir de la habitación cuando él la tomó de la mano y la atrajo hacia sí, de forma que tuvo que ponerse de espaldas contra él.

–Déjame ayudarte –murmuró él como si no se diera cuenta de que se había quedado como una estatua de madera.

Bajó la cremallera del vestido de noche y luego le desabrochó el sujetador. Sus cálidas manos se deslizaron por entre el vestido y la piel, acariciándola, recorriendo su cuerpo, con una experta familiaridad, sabiendo justamente cómo acariciarla para excitarla. La apretó aún más contra sí, de forma que ella notó los inflexibles contornos de sus caderas y cómo estaba cada vez más excitado.

–Subamos arriba –dijo él por fin.

–Ross... –se volvió y le miró a los ojos, esperando ver algún signo de cariño, pero sólo vio deseo.

Tomó una de sus grandes manos entre las suyas y se la llevó a los labios para darle un suave y dulce beso en los dedos.

–No lo prolonguemos más –le dijo Diana sonriendo.

Tenía la cara de un ángel, todavía había algo salvaje en esa expresión que le provocaba a Ross todas sus fantasías eróticas. Ese contraste excepcional era lo que más le atraía de ella. Intentó darle un beso, pero cuando fue a hacerlo, ella ya se había apartado de su lado

La observó atentamente cuando subió las escaleras. Le atraía tanto... Frunció el ceño. A pesar de que había vivido con ella durante cinco años, todavía era un enigma para él. Era hermosa y reservada en la superficie, vestía siempre con un cuidado meticuloso, mantenía su casa tan perfectamente limpia y ordenada que era imposible imaginar que alguien viviera allí.

Pero interiormente, esa fachada plácida se transformaba en un torbellino de pasiones salvajes que, a veces, llegaban a dar miedo. Estaba siempre tratando de controlarse porque, en su naturaleza, había un elemento incontrolado. Ross pensó entonces en su forma de conducir, en su abandono total cuando hacía el amor con él. Se preguntó de repente si alguna vez sería capaz de olvidarla de verdad.

Ross puso un disco y la habitación inmediatamente quedó envuelta por una música sensual. Se paseó por la sala observándolo todo. Había una foto reciente de Adam y Diana en la playa. Se preguntó quién la habría hecho. Sin duda, Dixon, se dijo molesto. La foto tenía una calidad excelente, perfecta de exposición, de foco. Obviamente era el producto de una cámara cara en manos de un fotógrafo experto.

Pero lo que le llamó realmente la atención fue que Diana no llevaba nada debajo de esa especie de túnica empapada que se le pegaba al cuerpo. Estaba riéndose con Adam, y parecía que se lo estaba pasando muy bien. Se dio cuenta de que no la había oído reírse desde hacía mucho tiempo y, sin querer, empezó a recordar otros tiempos, cuando ella se reía, cuando era feliz con él y lo mucho que la había querido entonces.

¡No tenía que haber venido! Lo sabía ya desde hacía tiempo, por supuesto. Dejó la foto donde estaba, decidido a marcharse antes de que ella volviera. Ya estaba cogiendo la chaqueta cuando Diana le llamó con voz suave.

–No te vayas, Ross. Todavía no.

La voz era deliberadamente seductora. Él miró hacia el lugar de donde provenía. Diana estaba en lo alto de la escalera, iluminada por un rayo de luz procedente de la lámpara del dormitorio.

Ross contuvo la respiración, impresionado.

–¡Demonios!

Ella pareció desconcertada al oír su exclamación. No estaba muy segura de que le hubiera gustado la aparición. Llevaba un vestido de raso blanco y una boa de plumas le rodeaba el cuello y le caía por la espalda hasta rozar el suelo. Le brillaban las manos y las muñecas, y Ross se percató de que también llevaba joyas en las orejas. Diamantes. Parecía como si estuviera rodeada por su fulgor. El vestido hacía que se destacasen cada una de las curvas de su cuerpo y que se clarease su piel a través de la fina tela.

Ross volvió a respirar profundamente, recordando cuando la vio vestida así por primera vez, en Nueva Orleans. Era un regalo que le había hecho después de haberlo visto en el escaparate de una boutique cerca de Bourbon Street y preguntarse qué tipo de mujer podría ponerse una cosa así. Esa noche, en la habitación del hotel, Diana se paseó delante de él con el vestido puesto, intentando actuar como si fuera una vampiresa. Estaban muy enamorados entonces y eran muy felices. No quería recordarlo, pero no pudo evitarlo.

Ella bajó lentamente las escaleras, y la hendidura delantera del vestido se abrió fugazmente dejando ver la delicada curva de sus piernas. Cada uno de sus movimientos era deliberadamente sexy, provocador, y era tal el efecto que producían en él, que se le cayó la chaqueta de las manos.

–¿Qué demonios estás tratando de probar? –le dijo acercándose a ella.

–Pensé que querías que actuase como una mujer a la que acabas de ligar y con la que vas a pasar la noche. Sólo estoy tratando de complacerte.

Cuando ella se alejó un poco de él y se dirigió hacia la zona donde estaban los sillones azules, Ross se dio cuenta por primera vez de que llevaba una toalla de baño en la mano y que la iba arrastrando por el suelo.

Sólo Diana podía vestir tan provocativamente y, a la vez, ir arrastrando una toalla. Le divirtió tanto la escena que casi se echó a reír. Tenía que habérselo imaginado: Diana siempre insistía en poner una toalla debajo cuando hacían el amor en el suelo.

Ross se quedó mirándola mientras extendía la toalla sobre la alfombra, inclinada hacia delante y ofreciéndole una vista completa de sus hermosas posaderas.

La música les envolvió y Ross se quedó mirándola a los ojos durante un buen rato, dándose cuenta de que nunca podría olvidar la expresión de su precioso rostro. Entonces ella, con dedos temblorosos, trató de deshacer el nudo de su cinturón.

Un temblor evidente le recorría el cuerpo y el nudo resultó ser una empresa demasiado ardua para sus desmañados dedos.

–Deja que te ayude –le dijo él, impaciente.

–No, Ross –murmuró ella apartándole las manos–, quiero... quiero ser yo la que te desnude a ti. He pasado demasiado tiempo...

Lentamente, le quitó la corbata y la dejó sobre la mesita de café, al lado de una maceta de tulipanes. Le desabrochó rápidamente la camisa, dejando ver un trozo de piel bronceada. Inmediatamente después, apoyó la mejilla sobre su cálido pecho. Era un gesto afectuoso más que provocador, algo que acostumbraba hacer todas las noches cuando estaban casados.

–¡Oh, Ross! ¿Por qué has tenido que volver a mi vida?

Todavía tenía la cabeza en el mismo sitio mientras que le acariciaba el musculoso estómago con los dedos. Él le pasó la mano por el pelo, acariciándoselo.

–Estaba escrito que sucediera, Diana, nuestros caminos debían cruzarse. Lo que me sorprende es que no haya pasado antes.

–Me imagino que tienes razón.

–Lo que pasa es que cada uno de nosotros estaba decidido a evitar al otro.

–Sí. Creo que teníamos miedo de juntarnos otra vez... porque ocurriría lo que ha sucedido esta noche.

–Difícilmente se puede llamar juntarnos otra vez a dormir juntos una noche –puntualizó Ross–. Un encuentro sexual no tiene por qué ser más que la satisfacción de un apetito.

«Y también puede esclavizar por completo el alma de cualquiera», pensó ella.

–Algo así como comerse una hamburguesa cuando tienes hambre –dijo ella intentando completar el ejemplo.

–Exactamente.

A pesar de la pena que la inundó, Diana esbozó una sonrisa.

–No me gusta pensar en mí misma como en una hamburguesa dispuesta para ser comida y digerida rápidamente.

–Ésa ha sido una broma tuya, no mía. Pero creo que estamos cambiando de tema. Ibas a desnudarme.

–Yo... yo...

Ella bajó la cabeza y su pelo rozó el pecho de Ross. Le miró a la cara y vio que tenía los ojos cerrados; estaba esperando que ella le diera placer después de decirle que no significaba ya nada para él. Trató de seguir desabrochándole la camisa, pero no pudo.

–No... no puedo, Ross. Lo siento –le dijo apartándose un poco.

–No tan rápido –le gritó él, completamente alterado al darse cuenta de cómo le había afectado su conducta–. No tengo ganas de bromas.

–¡Déjame! –le suplicó ella–. Por favor, no me hagas...

–¡Que no te haga! ¿Quién está intentando seducirte? Me hiciste una promesa en el club, ¿te acuerdas? Luego bajaste esas escaleras vestida como una vampiresa de los años treinta con ese traje que llevaste puesto la noche en que hicimos el amor hasta el amanecer. Luego me dices que me vas a desnudar con esa especie de mirada de mujer fatal. Y yo lo único que estaba haciendo era quedarme aquí, muy quieto, esperando ser desnudado por una...

Bajó la mirada hacia el blanco vestido mientras buscaba las palabras adecuadas para describir esa fantástica visión.

–Una exótica ave del paraíso –había un cierto amago de sonrisa en su boca–. ¿Qué te ha hecho cambiar de opinión? Si no te importa que te lo pregunte. No creo que sea esa estúpida conversación acerca de que el sexo se pudiera comer como las hamburguesas.

–No... yo...

No podía decirle que se había puesto ese vestido con la esperanza de que su actitud se suavizara un poco.

–Hemos quedado en algo para esta noche, y estoy tratando de hacer que lo cumplamos.

La agarró por los hombros apretándola contra él de forma que todo su cuerpo estuvo en contacto con el de él. Ella se resistió salvajemente, pero cada uno de sus movimientos lo único que lograba era incrementar el deseo que Ross sentía por ella, aumentando también su decisión de poseerla. El traje se abrió por completo, revelando toda la magnificencia de su cuerpo a Ross.

Sólo cuando se quedó sin respiración dejó de luchar y se quedó quieta; el corazón le latía con fuerza. El vestido se le había deslizado de los hombros y ella estaba literalmente comprimida contra su pecho, con los desnudos pechos aplastados contra su duro y musculoso cuerpo. La estaba apretando tanto contra sí que los botones de la camisa se le clavaban hasta hacerla daño.

–¿Me vas a violar?

–¿Violar? –él aflojó un poco.

Al principio se rió ante lo ridículo de la pregunta, pero después de mirarla fijamente a los ojos, se dio cuenta de que estaba hablando completamente en serio.

–No va a ser necesario –añadió.

–Entonces, ¿qué?

Para entonces, las manos de Ross se habían vuelto más amables y habían empezado una exploración íntima de su cuerpo. Ella sabía que, esas manos moviéndose por debajo de lo que le quedaba de vestido y acariciando la suave textura de su piel, podían volver a agarrarla con fuerza cuando hiciera el más mínimo intento de escaparse y evitar ese contacto, así que se quedó quieta.

Diana se sentía como si fuera dos personas a la vez; una de ellas le deseaba desesperadamente, la otra, más sensible, recordaba todo el daño que le había hecho cuando la dejó. La estaba utilizando para satisfacer un apetito masculino, aunque por lo menos había sido lo suficientemente honrado como para admitirlo.

Esa atracción física hacia ella era el único resto de emoción que todavía quedaba de los sentimientos más nobles que una vez le había inspirado. ¿De qué le servía pelearse con él, si ni siquiera podía luchar con ella misma? Además, nada más verle y mirarle a los ojos se dio cuenta de que estaba perdida, de que esa noche sería suya sin remedio. No podía escapar de él y tampoco podía negar la traidora y salvaje respuesta de su propio cuerpo.

—No has estado con un hombre desde hace mucho tiempo, Diana —le dijo como si adivinara en qué estaba pensando ella—. Tres años, si me has dicho la verdad. Aunque, viendo cómo reaccionas, creo que sí es cierto —le dijo con un brillo triunfal en los ojos mientras ella se estremecía de deseo.

Ross volvió a sonreír, haciendo que sus blancos dientes destacaran en su bronceado rostro.

—¿Crees que tengo que convencerte más de lo buenos que son mis métodos de persuasión?

Capítulo Cuatro

Estaba claro que no necesitaba convencerla más de lo que ya estaba de la calidad de sus métodos persuasorios. Él, que conocía su cuerpo tan bien, podía seducirla sin el más mínimo esfuerzo con sus ardientes caricias y sus hambrientos besos.

–Déjame sola, Ross Branscomb. Vuelve al bar y vete con cualquier otra mujer que quiera satisfacer tus apetitos sexuales –le gritó ella esperando poder detenerle con palabras, ya que sabía que no iba a poder hacerlo de otra forma–. Eres como un animal. Cualquier mujer lo podría hacer con un hombre como tú.

–Ahí es donde te equivocas. Sólo hay una bruja morena a la que necesito sacar desesperadamente de mi vida para siempre, y ésa eres tú, dulzura.

–Tú... tú... violador... animal... bestia.

–Me puedes llamar lo que quieras. Probablemente me merezca alguno de esos adjetivos, pero no me voy a ir por lo menos hasta que no consiga lo que quiero de ti.

La agarró de nuevo por los hombros y la arrastró al suelo hasta hacer que se tumbara en el pequeño rectángulo blanco que formaba la toalla sobre la alfombra.

–Ross... No hagas esto... ¡Nos va a pesar demasiado!

–¡Cállate, Diana! Probablemente tengas razón, pero no estoy como para preocuparme de eso ahora.

La besó violentamente, ahogando el grito que iba a dar con sus cálidos labios, mientras que, con las manos, le acariciaba sus más íntimos, húmedos y femeninos rincones, hasta que su cuerpo entero pareció desintegrarse completamente por el deseo. Trató de luchar contra la pasión que la invadía, pero se sentía como un nadador que intentara remontar la corriente de un caudaloso torrente. Estaba vencida incluso antes de que pudiera intentarlo.

Ross levantó la cabeza para poder mirarla cómodamente a los ojos. Su sonrisa era tan injuriantemente triunfante que hizo que todas sus angustias aparecieran de nuevo.

–Eres un monstruo. ¡Un animal!

–¿Sí? –dijo él, más atraído por su provocativa belleza que por cualquier cosa que le dijera–. Entonces, no me va a quedar más remedio que conformarme con ser un monstruo y un animal y disfrutar como lo haría cualquiera de ellos.

–No...

Esa simple palabra de protesta fue todo lo que le dejó decir. Estaba completamente encima de ella, dejando caer todo su peso sobre su cuerpo. Su superior fortaleza redujo sus esfuerzos a unos cuantos ineficaces gestos de resistencia. Diana casi no se había recuperado todavía del primer y brutal beso, cuando sus labios fueron asaltados por un segundo.

Las manos de Ross parecían incansables, le quitaron el vestido, le acariciaron los pechos, haciendo con sus expertos dedos que sus pezones se le endurecieran considerablemente. La sangre pareció calentársele dentro de las venas cuando bajó las manos para explorar el sedoso interior de sus muslos.

Sintió la presión de su boca contra la piel cuando él comenzó a acariciarle el ombligo con la lengua hasta que logró que Diana gimiera de placer. Entonces, bajó los labios aún más y un escalofrío la recorrió cuando se dio cuenta de lo que iba a hacer.

Cuando le estaba haciendo el amor con la boca, todos sus deseos de resistirse desaparecieron: con la boca le estaba tocando los lugares más privados de su cuerpo, saboreándola como si se tratase de una deliciosa fruta que hacía tiempo que no había probado. Se sintió caliente y húmeda, agobiada por una imperiosa necesidad que solamente él podía satisfacer. Entonces, la atravesaron avalanchas de pasión, una serie de brillantes espasmos se fueron transformando en la más maravillosa sensación que había tenido en los últimos años.

Ross la agarró por las caderas de forma que estaban los dos completamente pegados uno al otro. Ya no notaba el peso de su cabeza, profundamente hundida entre sus piernas. Tenía los ojos abiertos, pero no era capaz de ver nada con nitidez. Durante un momento no supo ni quién era ni dónde estaba. Entonces, todo se le aclaró.

Estaba con Ross, su amado, a quien había perdido.

No pudo evitarlo y se puso a llorar. Siempre le pasaba lo mismo después de una intensa experiencia sexual. Era como una forma de decir adiós después de haber estado tan cerca.

—No llores —murmuró él con ternura.

—No puedo evitarlo...

—Nunca me ha gustado cuando lo has hecho. Siempre me sentí culpable de haberte hecho daño de alguna forma.

–No es por eso.

Le resultaba muy difícil explicarle la dulce emoción que la invadía.

–No... no me has hecho daño, pero cuando me haces el amor y termina, es como una especie de maravillosa tortura. Lo que pasa es que era demasiado hermoso lo que estabas haciendo. Y ya se acabó.

–Todavía no. Ahora te toca a ti darme placer. Yo también me siento torturado, pero por otra razón muy diferente.

–Debo de estar horrible.

–Sólo un poco. Ven aquí, mujer. Estás muy lujuriosa con esas lágrimas, así que dame algo por lo que yo también pueda llorar.

–Tú no lloras nunca.

–Voy a hacerlo si no me haces disfrutar.

Diana se concentró en ello con todos sus sentidos. Estaba convencida de que todavía la quería y que podría perdonarla si ella hacía méritos suficientes como para ello. Si lo que todavía quedaba de su amor era el deseo sexual, le demostraría que se podía llevar en ese aspecto mejor con ella que con cualquier otra mujer.

Después de besarla cálidamente, volvió a empezar a quitarle la camisa y después siguió con el resto de su ropa.

Su femenina mirada le recorrió, saboreando cada uno de los detalles de su cuerpo, disfrutando al verle tan excitado.

Él siempre le había dicho que tenía una imaginación fértil. Ahora podía probarle cuánta razón tenía. Al cabo de unos pocos segundos, Ross tenía todo el cuerpo atento al más leve de sus movimientos, con todo el sistema nervioso concentrado en lo que ella estaba haciendo.

El roce de esos labios febriles le inflamó tanto a Ross, que era como si nunca se hubiera acostado antes con una mujer, como si fuera la primera vez que lo hacía después de toda una vida de forzado celibato. ¿Durante cuánto tiempo más iba a estarle haciendo...? No pudo más y, gruñendo, la atrajo hacia sí y la poseyó casi violentamente.

La pasión que les dominaba era como una tormenta. En alguna parte, en lo más profundo de sus corazones, ambos supieron que no iban a tener bastante con una sola vez.

Cuando terminaron se quedaron tal como estaban, firmemente entrelazados, y durante un momento interminable, Diana supo que Ross había estado con ella no sólo físicamente, sino también espiritualmente.

Ross abrió por fin los ojos y la miró. No había ninguna razón lógica por la que ella fuera algo tan especial para él, más aún cuando se había propuesto que fuera todo lo contrario. Esa noche no había hecho que él la olvidara, sino que le había enseñado lo mucho que todavía la quería.

Toda la amargura que ella le había producido estaba siendo expulsada de su mente y estaba siendo sustituida por su propia y extraña belleza.

Se dio cuenta vagamente de que toda la amargura y la angustia que había sentido por ella podían volver pero, por el momento, todo lo que podía sentir era el tranquilo cansancio de un hombre que había conocido lo que era un buen acto sexual por primera vez en tres años. Eso solamente se lo podía haber dado ella, ninguna otra mujer lo podía haber hecho tan bien.

Se preguntó cuánto tiempo iban a estar así sin volverlo a intentar otra vez. Simplemente ver ese cuerpo le hacía evocar unas sensaciones familiares que podía llevarle rápidamente a un nuevo latigazo de deseo. Nada más verla se dio cuenta de que, cuando la quisiera de nuevo, ella también estaría deseándole.

Hicieron el amor una y otra vez esa noche, cada vez con la esperanza de que él pudiera encontrar en el placer físico la liberación de ella que buscaba; pero lo que pasaba era que se sentía más atraído de nuevo por Diana. Era como una bruja que le poseyera, como una sirena que le invitara con su suave canto a bailar una danza tan antigua como el tiempo.

Una luz dorada que se colaba por los ventanales le estaba dando directamente en la cara a Ross. Medio dormido, se tapó los ojos con un cojín, pero simplemente con ese gesto, toda la cama empezó a moverse. Se levantó asustado y, cuando se dio cuenta de dónde estaba, volvió a tumbarse, disfrutando del vaivén de la cama.

Era como una hamaca, suspendida del techo por cada esquina con una cadena. Recordó vagamente cómo le estaba haciendo el amor a Diana mientras la cama se movía de un lado a otro tan fuertemente como ellos lo hacían. Había sido una experiencia nueva y curiosa, pero algo mareante.

Se quitó ese agradable recuerdo de la mente, preguntándose si el techo de su dormitorio sería lo suficientemente alto como para poner allí una instalación parecida. Tenía que preguntárselo a Diana.

Diana... La buscó con el brazo y descubrió que se había ido. El único rastro de su presencia era un leve olor a perfume y que su lado de la cama estaba todavía caliente.

Quizás era mejor así. Seguramente habría caído en la tentación que le habría sugerido la vista de su cuerpo desnudo. En el piso de abajo sonaba una aspiradora que, evidentemente, estaba tratando de hacer desaparecer cualquier traza de que allí se había estado haciendo el amor.

Ross se levantó de la cama con un buen humor nada habitual, a pesar de que le dolía la cabeza y tenía agujetas. Se duchó y se vistió rápidamente.

Ella estaba en la cocina cuando Ross bajó. El salón estaba impecable, como era de esperar que estuviese. El único ruido que se oía era el del aire acondicionado y el distante de una lavadora, instalada seguramente en un lugar apropiado.

El rico aroma del café recién hecho impregnaba el aire. Molesto, Ross se dio cuenta de lo diferente que era despertarse en una casa donde había una mujer que hacerlo en un sitio donde se está solo y nadie té va a preparar el desayuno y las tostadas y, mucho menos, llevártelo a la cama, como le habría gustado.

La cocina era tan encantadora como el resto de la casa. Azul y blanca, con las paredes llenas de cerámica de Murano y una alacena del siglo pasado.

—Buenos días —le dijo a Diana desde la puerta.

—Buenos días —le contestó ella mientras metía algo al horno sin mirarle.

Ross pudo resistir a duras penas la tentación de acercarse a ella y tocarla.

—¿Te importa si me sirvo un poco de café? —le

preguntó, sabiendo que no le iba a ser fácil separarse de ella por segunda vez.

—En absoluto... —le contestó ella con un tono igual de frío.

De repente, la cocina se le quedó pequeña a Diana y la razón era que Ross estaba allí. Estaba demasiado pendiente de cada uno de los movimientos que hacía: primero buscó una taza, el azúcar, la leche y, cuando tuvo todo lo que necesitaba, se sentó a la mesa y, agarrando el periódico, se puso a leerlo con el aire de un hombre que no tuviera otra cosa en la cabeza que esperar a que le sirvieran el desayuno.

Diana tenía la cabeza llena de dudas. Quería poder expulsar todas las preguntas que la atosigaban tales como: ¿Y ahora qué hacemos, Ross? Y cosas por el estilo.

Pero, por supuesto, no lo hizo. Le sirvió un zumo de naranja en un vaso y se lo puso delante.

El desayuno estaba tan perfectamente servido que un fotógrafo de una de esas revistas de cotilleo podría haber entrado en la cocina y haberse hartado de hacer fotos de la pareja perfecta tomándose su desayuno perfecto.

Madeleine podía sentirse orgullosa, pensó Ross, antes de que se censurase por pensar en su suegra. Aquel proceso que hacía tiempo había convertido en un hábito mental.

Cuando la vio sentada al otro lado de la mesa sosteniendo en la mano una simple taza de café, le preguntó:

—¿Es que tú no vas a comer nada?

—La verdad es que nunca desayuno.

—A lo mejor es por eso por lo que tienes un aspecto cansado.

–Pues anoche no actuaste como si pensaras que estuviera cansada.

–De acuerdo, no lo estás –admitió él mientras terminaba de comerse un bizcocho. Ya había olvidado lo bien que cocinaba Diana–. Y la verdad es que estás bastante delgada. Se podría decir que estás tan raquítica como una modelo.

–¡Narices!

–¿Es que he dicho algo que te moleste? Lo siento si lo he hecho.

–Mira, Ross, sabes perfectamente lo que estás haciendo. No quieres hablar acerca de esta noche... o... –no pudo continuar.

–¿O qué?

–O... de nosotros...

Él se quedó mirándola extrañado.

–¿De nosotros?

Frunció las cejas y la furia empezó a crecer en su interior. ¿Es que se creía que estaba tan loco como para volver a caer en sus redes sólo porque había tenido la mala suerte de sentirse atraído por ella?

Diana vio el cambio que se había operado en sus facciones, pero continuó.

–No somos extraños, Ross, y no podemos volver atrás y borrar todo lo que ha sucedido, ni lo bueno ni lo malo... Incluyendo esta noche.

–Vamos a dejar las cosas claras, Diana, para ahora y para el futuro –decía las palabras con una violencia salvaje–. Ya no existe el «nosotros». Todo eso murió el mismo día en que lo hizo Tami. ¡Tú lo estropeaste todo! Ya te dije anoche lo que quería... acostarme contigo por última vez. ¡Y eso es todo!

De repente, ella se enfadó tanto como él.

–¡No te creo! Me dices eso por la misma razón por la que me lo dijiste la última vez. ¡Para herirme! ¡Si de verdad pensaras eso, no me mirarías como lo haces! ¡Y tampoco podrías haber hecho el amor conmigo tantas veces!

Ross se puso pálido. Pero ella no se echó atrás; le estaba diciendo ni más ni menos que la verdad. Él había bebido cuando la vio la noche anterior y le soltó esa cruda e hiriente proposición, pero incluso entonces, ella estuvo segura de que le afectaba mucho más de lo que él quería admitir. Lo que debía pasar era que Ross no podía soportar el pensamiento de que todavía la quería.

–Tú tienes tu vida y, por lo que veo por aquí, bastante buena, por cierto... Y yo tengo la mía. Vamos a dejarlo así.

Lo dijo con deliberada frialdad. Completamente decidido a enmascarar la extraña emoción que sentía.

A Diana casi se le rompió el corazón al oírle. Estaba claro que no importaba lo que pudiera sentir por ella, lo que quería era no volver a tener nada que ver con ella. Estaba completamente dispuesto a matar lo que quedara de su amor y, con el tiempo, lo más probable era que lo lograse. Iba por buen camino, pensó con tristeza. Pero no iba a suplicarle nada. Todavía le quedaba algo de orgullo.

–¿Y qué va a pasar con Adam?

–¿Qué va a pasar?

–Nuestra separación no le ha hecho ningún bien.

–Pero yo no puedo hacer nada.

–Ross, no puedo creer que lo sientas así. Sé que quieres odiarme y tienes toda la razón para hacerlo, pero...

–¿Todavía eres lo suficientemente niña como para creer que una noche puede cambiar todo lo malo que ha pasado entre nosotros dos?

–No... pero esperaba que fuera un principio.

–Bueno, pues no lo ha sido.

–Ross... siento mucho todo. Si pudiera volver atrás... Él la interrumpió bruscamente.

–¡No hay ninguna vuelta atrás!

Echó la silla para atrás y se levantó. Supo de repente que tenía que marcharse de allí, de ella, de un rostro que, todavía, le era demasiado querido. Con grandes zancadas salió de la cocina y se dirigió al salón, donde buscó su chaqueta, enfadado; la había dejado por allí esa noche.

Se dio la vuelta en seco y le preguntó a Diana:

–¿Se puede saber dónde has metido mi chaqueta?

–La colgué –le respondió ella dirigiéndose hacia el armario. La sacó de allí y se la dio.

Ross se la echó al brazo y se dirigió rápidamente hacia la puerta.

–Ross...

Diana le alcanzó, pero cuando él notó que le había agarrado del brazo la empujó como si le quemara su contacto.

–Esta noche me dijiste que todavía me amabas, Diana, que habías cometido un error. No me obligues ahora a decirte cosas que te pueden herir. No quiero hacerlo. Sólo quiero que me dejes solo.

–Comprendo...

–Bien –dijo él abriendo la puerta.

–Pero hay algo que quiero decirte. He estado queriendo hacerlo desde que te vi.

Ross se volvió hacia ella con el ceño fruncido por la irritación.

–¿Qué?

–Quiero volver a Orange.

–¿Qué?

Su expresión se oscureció aún más. La interrogación resonó como un trueno en la habitación.

–Hace algún tiempo que quería abrir una sucursal de mi negocio de decoración allí –intentó explicarle–. Me siento como en el exilio viviendo en Houston. He vivido siempre en Orange... hasta que tú y yo nos separamos. Me marché de allí solamente para ponértelo más fácil. Houston es tan grande y está tan lleno de gente que me siento como si estuviera perdida aquí. Mi familia está allí, Adam...

–¿Estás loca? Si vuelves a Orange, no va a haber forma de que no nos encontremos.

–No estoy segura de querer pasarme toda la vida tratando de no encontrarme con el pasado. Lo que pasó, pasó. No puedo cambiarlo ahora, por mucho que quiera. Lo único que puedo hacer es seguir viviendo.

–No voy a quedarme aquí discutiendo acerca de eso cuando tú sabes lo que pienso. No puedo hacer nada para impedírtelo, pero si eres lista, no irás a Orange. ¡Ése es mi territorio!

Con eso, cerró la puerta, decidido a dejarla de una vez por todas y para siempre fuera de su vida y de su corazón.

Capítulo Cinco

La oficina de Diana estaba situada en la planta baja de uno de los más nuevos y elegantes edificios de la zona sudoeste de Houston.

Hacía tres minutos que había apagado el aire acondicionado del coche y ya estaba empapada de sudor. Era finales de agosto, la época más calurosa del año en Texas. Pensó que, si no fuera por el aire acondicionado, nadie podría vivir en Houston.

Llegaba tarde como era habitual en ella. Diana abrió las inmaculadas puertas de cristal, entró en la tienda, y abrió el buzón para tomar su correo. Como siempre, iba vestida con una elegancia estudiada, era todo un espejo de modestia y refinamiento, excepto por la larga melena negra que le caía sobre la espalda. Sólo eso reflejaba la parte salvaje e indisciplinada de su naturaleza.

Dick, su socio, estaba escondido detrás de una montaña de papeles para empapelar junto con un posible cliente. Lo único que se oía era la charla petulante de Dick intentando convencer al otro de cualquier cualidad que tuviera el papel que a él le gustaba. Normalmente, cuando él estaba tan ocupado, ella sólo le saludaba brevemente, pero ese día fue él quien la saludó.

–Diana, la cita que tenías a las cuatro en punto con el señor Clement ha tenido que ser pospuesta. Ya te he dejado la nueva fecha en tu agenda.

–Gracias, Dick.

Diana se metió directamente en su despacho. Se sentó en un sofá sobre el que colgaba una pintura de Penne Ann Cross, la pintora favorita de Diana. El cuadro representaba una preciosa muchacha india en una noche de viento y luna llena. Un tema muy habitual en esa pintora.

Diana puso los pies sobre la mesita de café y empezó a ojear su correspondencia. Era la primera hora libre que tenía en varios días, pero como siempre que tenía un rato libre, sus pensamientos se dirigían a Ross.

Había pasado ya un mes desde que Ross había salido por segunda vez de su vida. Madeleine había llevado a Adam a Houston para que pasara con Diana el fin de semana y, por primera vez en tres años, Adam le habló de su padre. Profundamente enfadado, Adam estaba confuso por el mal carácter de Ross.

–Incluso cuando me lleva al campamento se comporta como cuando tú te fuiste. Todo lo que hago está mal.

–Estoy segura de que tiene algo en la cabeza que no tiene nada que ver contigo, Adam, querido. Debes tener paciencia.

–¡Paciencia! Eso es una broma. Tendrías que verme.

–Bueno, esta vez, cuando vuelvas lo vas a intentar, por mí, ¿de acuerdo?

Adam se había rebelado en más de una ocasión porque las reglas que se le estaban imponiendo eran demasiado estrictas y lo que le pedía su padre demasiado desagradable. Por lo visto, habían tenido un par de discusiones serias. Cuando Madeleine apareció de nuevo para llevárselo a Orange, no había querido marcharse. Se había colgado de Diana y las lágrimas aparecieron en abundancia en sus oscuros ojos.

Desde entonces, Adam no había llamado y Diana pensó que el problema entre padre e hijo había empeorado.

Eso la preocupaba. ¿Para qué había servido el pasar la noche con Ross sino para poner las cosas aún más difíciles entre los tres? Tenía que haberse negado a bailar con Ross esa noche, y lo que era más importante, no haberle invitado a pasar la noche en su casa.

La primera impresión que había tenido al verle, salir corriendo de allí, había sido la correcta. Pero otro instinto se lo había impedido: el amor. Esa noche había descubierto que el amor que ya creía muerto había renacido de sus cenizas como un fuego que, simplemente, hubiera disminuido la llama.

Ross no la había llamado tampoco ni una sola vez en los treinta y un días que habían pasado desde entonces. Al principio, cuando todavía tenía fresco en la memoria el recuerdo de esa noche de amor, mantuvo alguna esperanza, pero con el paso de los días, se dio cuenta de que no lo iba a hacer.

Cada vez más a menudo Diana pensaba en lo que le había dicho de abrir una sucursal de su negocio en Orange. Era lo que estaba deseando hacer realmente, volver a su casa. Dick también pensaba que era una buena idea.

Le había dicho a Ross que no tenía la menor intención de pasarse el resto de la vida huyendo del pasado. A lo mejor sería más noble y admirable por su parte si sacrificara lo que le quedaba de vida para pagar su error. Pero ella no era ni noble ni admirable. ¿No lo había demostrado claramente hacía tres años?

Una muerte afecta a cada uno de una forma diferente, suponía. En su caso, si alguien hubiera pensado que iba a tomarse la de Tami estoicamente, estaba muy equivocado.

Durante toda su vida, Diana había tenido un montón de vagos temores a los desastres. Cuando era niña, tenía pesadillas en las que se veía sola y perdida en un bosque oscuro. Sueños extraños e incomprensibles cuando se consideraba la segura vida que había llevado siempre. Después de todo, ¿no era la hija del personaje con más dinero de la ciudad? Quizá las bases de esos sueños y temores eran que podía perder la vida que llevaba. Había dejado de soñar ya hacía tiempo, y ahora que ya era mayor, quitaba importancia a los sueños. Las pesadillas eran algo muy común en los niños.

Cuando la tragedia apareció realmente en su vida la pilló tan desprevenida como a una niña desorientada. Si se lo hubiera propuesto no podría haberse comportado de una forma más destructiva.

Esa horrible mañana de sábado que había cambiado su vida tan completamente, seguía tan viva y presente en su memoria como si estuviera sucediendo de nuevo. Iba conduciendo a toda velocidad como era habitual en ella, hacia su casa, después de haber estado de compras toda la mañana. Se estaba preparando una tormenta y no quería que la sorprendiera en la carretera. Tan pronto como entró en el camino particular de su casa, se dio cuenta de que algo iba mal; nadie salió a recibirla a ver qué había comprado.

Se los encontró en la parte de atrás de la casa. Estaban Adam, Ross y Tami. El rostro de Ross estaba pálido y tenía a Tami entre los brazos. Diana notó cómo una especie de salvajismo la invadía y un millón de preguntas bullían en su interior. El bosque parecía aún más oscuro que de costumbre. Un rayo cruzó el cielo gris en ese momento.

Muy despacio, sin terminar de creerse lo que estaba viendo, Diana se había agachado y tocaba el pálido rostro sin vida de su hija.

–¿Por qué, Ross? ¿Qué ha pasado? –le había gritado.

–No lo sé, Diana. Estaba jugando aquí fuera y yo fui a contestar el teléfono y a ver qué hacía Adam.

–¿La dejaste... aquí fuera... en el bosque?

Diana ni siquiera intentó disimular la clara acusación que se adivinaba en su voz.

–Te dije que nunca... ¡Que nunca lo hicieras!

Ross siempre había pensado que ella era demasiado protectora con los niños.

–Estaba en el patio de atrás, y sólo fue un minuto lo que estuve sin verla. Cuando volví, ya estaba...

Esa siniestra palabra que no había sido pronunciada se quedó en el aire mientras las primeras gotas de lluvia empezaban a caer.

Algo explotó en el interior de Diana y comenzó a llorar como una histérica.

–¡Esta vez no ha sido culpa mía! No ha sido culpa mía. ¡Tú la has matado, Ross! ¡La dejaste sola en el bosque! ¡Tú la has matado!

Esas horribles palabras se repitieron una y otra vez. Diana no fue capaz de callarse incluso después de que él se lo pidiera, también repetidamente. Finalmente y, como último recurso, Ross le dio un par de fuertes bofetadas y se quedó callada. Parecía incluso que, en el mismo momento en que cesó su llanto, todos sus sentimientos y emociones habían muerto también.

—Vete a casa, Diana, estás histérica.

La voz de Ross había sido tan fría que, como si estuviese en trance, le obedeció. Más tarde, el médico le dio un calmante.

Madeleine llegó más tarde con su asistenta y se puso a limpiar la casa, diciendo que pronto pasaría por allí un montón de gente y que tenía que estar limpia. Diana se había limitado a mirarla estupefacta. Acababa de morirse su hija, y su madre en lo único que pensaba era en que la casa estuviera lo suficientemente limpia.

Por fin, Madeleine se fue, prometiéndole que le llevaría un pastel... ¡Un pastel! Como si eso pudiera devolverle a Tami. Si la hubiera abrazado por lo menos. Pero eso era algo que Diana no había conocido nunca, ni siquiera cuando era niña.

Durante esos horribles primeros días, Ross y ella se habían comportado como si fueran completamente extraños el uno para el otro, cada uno carcomido por su profunda pena particular.

Nadie había visto la escena que se había producido entre Ross y ella cuando murió Tami y, por eso, en los días que siguieron y durante el funeral, todo el mundo elogió su coraje y serenidad. Irónicamente, incluso Madeleine se había sentido orgullosa por una vez del ejemplar comportamiento de su hija.

Si hubiera sabido lo que llevaba por dentro... aquel extraño terror que experimentaba. Pero lo peor para ella había sido darse cuenta de que todo lo que entonces sentía le resultaba familiar. Durante toda su vida eso había sido de lo que había estado huyendo. Había tratado de ser tan perfecta como su madre; había llegado a pensar que, si lo conseguía, su vida sería también perfecta y no tendría que sufrir esas penas otra vez...

Otra vez... ¿Por qué se sentía como si hubiera pasado anteriormente por una experiencia así? Durante esos primeros y horribles días llegó a pensar que se iba a volver loca.

Durante las semanas que siguieron, Ross estuvo destrozado, pero ella nunca intentó consolarle. Nunca se retractó de esas terribles palabras que había pronunciado. No podía, era incapaz de acercase a ningún ser humano. Durante muchas noches ni se acostó. Una noche se lo encontró llorando en el salón y, por primera vez, él intentó acercarse a ella, pidiéndole perdón, suplicándole que volviera a él.

Pero Diana estaba tan ocupada con su propia pena que fue incapaz de percatarse de la de Ross.

–¡No me toques! –le había gritado.

Eludiendo su abrazo, había subido corriendo al dormitorio, cerrando la puerta a continuación.

Él la siguió, abrió la puerta de una patada y, durante un momento, se quedó en el umbral de la puerta. Diana todavía podía recordar la terrible expresión de su cara en esos momentos. Se arrojó sobre la cama y la atrapó allí.

Ross retiró las sábanas y la tomó fuertemente entre sus brazos, la besó largamente, pero por primera vez desde que existía su relación, esa salvaje pasión suya no tuvo respuesta en ella. Se sentía fría como un témpano y sabía que él se iba a dar cuenta de esa frialdad. La apartó de sí.

–Todavía piensas que Tami murió por culpa mía, incluso después de que la autopsia haya dicho que fue por un aneurisma. ¿No?

La respuesta, aún no pronunciada, era evidente.

–Diana, yo puedo vivir sin un montón de cosas, pero no puedo hacerlo con una mujer que me culpa de la muerte de mi propia hija. ¡No fue culpa mía!

Ella se limitó a mirarle, incapaz de sentir nada.

–¿Qué te pasa, Diana? Me parece como si no te conociera –le había dicho mientras la sacudía, y sólo cuando ella comenzó a temblar violentamente la dejó–. Parece como si pensaras que te voy a hacer daño o a violar. No te preocupes, estás a salvo. Esta noche me has logrado comunicar el mensaje que querías. ¡Ya no tenemos nada que hacer juntos! Quizá sea mejor así... Hemos sido una pareja muy extraña desde el principio. No te preocupes, no voy a volverte a tocar jamás. Está claro que consideras que tu matrimonio terminó el día en que Tami murió. En nuestro país se acostumbra a enterrar a los muertos. ¡Quiero que te vayas de aquí por la mañana!

Después de oír eso, ella se limitó a mirarle fijamente, incapaz de pensar, y tuvo que desmenuzar las palabras para darse cuenta de su significado. Su matrimonio se había disuelto y, en esos momentos, no le importó demasiado. A lo mejor él tenía razón.

Ella no estaba en posición de juzgar. No sentía ni amor ni odio por él. No sentía nada.

Después del estallido de histeria que tuvo ese fatídico día, se había deshecho de todos sus sentimientos. Tenía miedo a sentir algo.

A la mañana siguiente, había empaquetado sus cosas y se había marchado a casa de sus padres. Nunca les dijo las razones de su separación.

Pasaron meses antes de que el pedazo de hielo en que se había convertido el corazón de Diana empezara a recobrar su actividad normal. Para entonces, ya se había instalado en Houston y su negocio de decoración estaba empezando a funcionar. Una noche, Madeleine la llamó con terribles noticias. Diana todavía podía oír la voz sobresaltada de su madre.

–Ross y Adam han tenido un accidente. El coche está completamente destrozado, pero ellos están bien.

Bruce estaba con ella cuando llamó su madre y, antes de que Madeleine colgara, Diana se había puesto a llorar a lágrima viva. El accidente había logrado que se diera cuenta de que todavía estaba viva, de que todavía amaba, de que la muerte de su amada Tami no había significado la de todo lo que le importaba.

Entre el correo que tenía en las manos, Diana vio una carta del seguro de su coche. Se sintió culpable y pensó en la cantidad de veces que Ross había criticado su forma de conducir, y aunque esa vez el pequeño accidente no había sido por su culpa, no pudo evitar tener ese sentimiento de culpabilidad.

Houston se había llenado en los últimos años de coches y de conductores incompetentes y agresivos. Hacía unos días que ella iba por la autopista, conduciendo deprisa como siempre, cuando se dio contra la valla protectora por evitar a una viejecita que se había quedado parada con su viejo trasto justo delante de ella. Tenía el Cadillac todavía en el taller y estaba esperando a que Ralph, su mecánico de confianza, se lo devolviera.

Miró impacientemente el reloj y pensó que no iba a poder esperar mucho más porque tenía una cita para media hora después a unas cuantas millas de distancia. Ya se iba a marchar cuando sonó el teléfono.

—Hola, Ralph... Me alegro de que me llames antes de marcharme...

Se paró de repente, como si su intuición le dijera que se había equivocado.

—Entonces, no te entretendré mucho.

Ese tono profundo y frío sólo podía pertenecer a un hombre, y Diana casi se cayó de espaldas cuando se dio cuenta de ello. Durante seis semanas había esperado oír esa voz, pero ahora, estaba tan falta de calor y emoción que la hizo estremecerse.

—Diana, soy Ross. Lamento decepcionarte por no ser... Ralph.

—Ya sé quién eres.

Tuvo que hacer un gran esfuerzo para que el teléfono no se le escapara de entre las manos.

—Te llamo para decirte que Adam se ha ido de casa. ¿No estará contigo, verdad?

—¿Qué?

Un terrible temor se apoderó de ella. Cuando pudo recuperar la voz, le temblaban las palabras por la emoción. De repente, se acordó de Tami y todo el horror que le supuso aquella tragedia.

—Él... no...

La voz de Ross se suavizó, y Diana supo que se había dado cuenta de que la noticia la había afectado.

—No tenía que habértelo dicho de esa forma. No hay razón para pensar que esté herido o que le hayan raptado. La verdad es que ha sido culpa mía. Últimamente se ha vuelto muy difícil convivir conmigo. Ha dejado una nota en la que dice que, a lo mejor, las cosas se arreglan si desaparece durante un tiempo. Te la voy a leer —Diana pudo oír a través del teléfono cómo desdoblaba un papel—. «Papá, no aguanto más. Todo lo que hago está mal. Volveré dentro de unos días, cuando las cosas se hayan enfriado un poco. Adam». Supongo que no tengo que decirte cómo me siento. Si hubiera... ¡Qué demonios! No le di al chico ninguna oportunidad, y ahora...

—¿Dónde crees que puede haber ido?

—Esperaba que hubiera ido a verte. Me ha estado diciendo últimamente que quería ir a Houston, así que me parecía lógico que hubiera ido a tu casa.

—Tenías que haberle dejado venir.

—Ahora ha sido cuando me he dado cuenta.

—¿Has llamado a mis padres? A lo mejor...

—Están en Europa, ¿no te acuerdas?

—Sí.

Con los nervios se le había olvidado que estaban de vacaciones.

—Oh, Ross, es demasiado pequeño para estar solo.

—¿Qué te crees, que no lo sé?

—No quería decir...

–Ni yo. He estado durante todo este tiempo saltando a la menor provocación. Es por eso por lo que hemos tenido problemas.

–¿Tiene dinero?

–No lo sé. Probablemente se haya llevado sus ahorros.

–¿Puedo hacer algo? ¿Quieres que vaya a Orange?

–¡No!

–Podría...

–¡He dicho que no! –luego, suavizando el tono, continuó–: Creo que si se le ocurre ir a Houston, irá a tu casa.

–Sabes que haría cualquier cosa por ti, Ross. Cualquier cosa. Sólo tienes que pedírmelo.

–Ya lo sé –le dijo él muy tranquilamente. Tanto, que Diana llegó a pensar que se había ablandado, pero cuando volvió a hablar, sus palabras fueron tan frías que helaron la esperanza que había surgido en su corazón–. Pero no te estoy pidiendo nada.

Ninguno de los dos habló durante un tiempo. Cuando Ross volvió a hablar lo hizo con el mismo tono helado que había utilizado hasta entonces.

–Diana, hay algo que creo que tengo que decirte antes de colgar. No quiero que te alarmes y pienses que esta separación de Adam es algo más serio de lo que es en realidad. He contratado a un investigador profesional que ha empezado a buscarle. La policía no empieza a buscar a la gente que desaparece hasta que no pasan por lo menos veinticuatro horas, y no quiero esperar tanto... para entonces, puede haber pasado cualquier cosa. El hombre es un investigador de Nueva Orleans con una excelente reputación. Se llama David Procell. Cree que Adam aparecerá por tu casa dentro de uno o dos días. Dice que los niños no saben cómo desenvolverse solos como lo hacemos los adultos, y que tardan más en encontrar la manera de llegar a los sitios.

—La verdad es que me alivia que hayas contratado a alguien.

—Daría cualquier cosa por que David averiguara algo concreto y Adam apareciera antes de esta noche.

Por primera vez, Ross demostró que estaba angustiado.

—Ross, yo... esto no es culpa tuya por completo. En parte también es mía. Nunca debí permitir que durmieras conmigo esa noche. Tenía que haberme dado cuenta de las consecuencias que acarrearía... de que podíamos destruirnos mutuamente. Tenía que haber dicho no entonces. ¡Pero estaba loca! Me he estado preguntando muchas cosas acerca de ti, si tu impaciencia con Adam no sería el resultado de... Hace tres semanas, Adam me dijo...

—¡Me importa un rábano lo que te haya dicho Adam! Éste es un problema entre Adam y yo, y tú no tienes nada que ver, Diana. ¡Esto es algo que quiero que quede bien claro! Hace seis semanas que desapareciste de mi vida definitivamente, y lo que le pasa a Adam es que está atravesando un período rebelde y ha tenido que aguantarme mucho, ya que he tenido un montón de presiones por todas partes y lo he pagado con él. ¡Eso no tiene nada que ver contigo! ¡Tú y yo terminamos hace mucho tiempo y esa noche, hace seis semanas, solamente lo confirmó!

—No me importa lo que digas, no te creo.

Cuando él colgó, Diana se quedó bastante tiempo más con el teléfono en la mano, sujetándolo como si fuera una frágil obra de arte, como si pensara que así podía mantener la leve relación que, por un momento, les había unido. Cuando se dio cuenta de lo que estaba haciendo, lo colgó violentamente, enfadándose consigo misma por hacerle tanto caso a un hombre que ya no la quería.

Lo que hizo inmediatamente fue cancelar todas sus citas y marcharse a casa. No podía estar pensando en tonterías como los colorines de los papeles cuando su hijo andaba perdido por ahí.

Veinticuatro horas después todavía no se sabía nada de Adam; ni Ross la llamaba, ni se ponía al teléfono cuando lo hacía ella. Se ponía una muchachita que decía llamarse Linda y que lo único que sabía decir era que Adam todavía no había aparecido.

Por la tarde, Bruce la fue a visitar y le llevó algo de comer. Diana estaba particularmente nerviosa porque además todavía no tenía el coche y no podía moverse de allí.

–Mira, no adelantemos acontecimientos, lo más probable es que no le pase nada –le dijo Bruce tratando de tranquilizarla–. Lo que vamos a hacer es que te vas a llevar mi coche, te vas a ir a Orange y allí verás por ti misma cómo van las cosas. A lo mejor para cuando llegues, Ross y ese tal David ya le han encontrado.

–¡No puedo tomar tu coche! ¡Ya sabes cómo conduzco!

–Yo no creo que lo hagas tan mal.

Diana pensó divertida en la cara que pondría Ross al verla aparecer con el Ferrari de Bruce.

–Por supuesto que también podrías ir en un coche alquilado, pero me sentiría mejor si fueras en mi coche. Yo me puedo quedar con la furgoneta. Es lo menos que puedo hacer por ti.

–Es demasiado. No tenía que haberte llamado anoche para llorar encima de tu hombro.

–Me alegro de que lo hayas hecho. Mira, los chicos suelen escaparse de casa a menudo. Yo mismo lo hice dos o tres veces. A lo mejor le han escondido como hizo Elliot con E.T., el extraterrestre.

Adam no era de esa clase de chico, pensó Diana angustiada, y eso no hubiera pasado si ella se hubiera comportado de una manera responsable, si no hubiera cedido a la desesperada llamada de su corazón. No tenía que haberse acostado con Ross en primer lugar y, en segundo, no tenía que haberle dicho nada a Ross acerca de Adam después de la confesión que el muchacho le había hecho aquel fin de semana.

Bruce continuó:

–Ya te digo que lo mejor que puedes hacer es irte a Orange. Yo me ocuparé de tus llamadas telefónicas. Las puedo pasar a mi número y le voy a decir al portero que me avise inmediatamente si Adam aparece. Voy a llevar siempre mi transmisor de forma que se me pueda localizar a cualquier hora del día o de la noche.

–Bruce, ¿qué puedo decir?

–Di que sí –le dijo él agarrándole una mano.

–Sí –murmuró ella, notando cómo desaparecían parte de las tensiones que había acumulado.

***

Después de que Bruce se marchara y le dejara las llaves del coche en la mesita de mármol de la entrada, Diana empezó a prepararlo todo para el viaje.

Media hora más tarde, ya estaba lista. Se detuvo en la puerta tratando de recordar si se le olvidaba algo.

No, parecía que estaba todo. Permaneció un momento más en la puerta mientras recorría con la mirada su apartamento. Llevaba puestos unos vaqueros y una blusa de seda malva. El pelo negro le caía sobre la espalda brillando por el cepillado que acababa de darle. Pero no estaba pensando ni en su propia belleza ni en la del apartamento. Pensaba en Adam y Ross.

Iba a volver a Orange. Era la primera vez en tres años que iba a invadir deliberadamente el territorio que él le había prohibido. Un escalofrío le recorrió la espalda. Sujetó con más fuerza las asas del maletín que llevaba en la mano y apagó la luz. Él no la quería. Le había dicho que no fuera, y ella se había cuidado mucho de llamarle para contarle sus planes.

De todas formas y a pesar de su aprensión, tenía una frágil esperanza en lo más recóndito de su corazón.

–Oh, Ross, Ross... –dijo ella uniendo las manos en una especie de oración silenciosa–. Por favor... ¡déjame volver a tu corazón! Si tú puedes soportar esta situación, yo no... ¡Ámame de nuevo!

Toda la angustia de su alma estaba contenida en esas palabras, «ámame de nuevo», que se repetían como un eco mientras cerraba la puerta y se dirigía al ascensor.

Capítulo Seis

El poderoso coche rojo se deslizaba a toda velocidad por la autopista, y los anuncios pasaban como exhalaciones.

Nada en el mundo se podía comparar con conducir un Ferrari, pensó cuando entró en la carretera general, ya con más curvas que la autopista y rodeada por sombríos árboles. Estaba claro que había nacido para conducir coches como ése y no su lento Cadillac de gasoil.

Aquel coche era una verdadera joya. Respondía a la menor presión que se hiciera sobre el acelerador. Llegó a las afueras de Orange por lo menos media hora antes de lo que había previsto. Todavía no había terminado de atardecer y los últimos rayos de sol iluminaban las copas de los pinos.

Cuando se dirigió hacia la casa de Ross, una fuerte nostalgia se apoderó de ella. Extrañamente, no sentía ningún desasosiego o miedo, sino una curiosa sensación de estar volviendo a casa. Cuando llegó, paró el coche un poco lejos y se quedó un rato mirando la casa que destacaba entre el bosque. Salió del coche y aspiró el aroma de los pinos y de las lilas.

Se dio cuenta inmediatamente de que nadie había podado las azaleas ni las camelias durante los tres años que había durado su ausencia. Todavía estaba allí la valla de bambú que había plantado ella misma a modo de seto y que ahora se elevaba a gran altura marcando claramente los límites de la propiedad.

Todo estaba muy crecido y tenía un encanto salvaje y una belleza natural de la que había carecido cuando ella vivía allí y se dedicaba a cuidar de que todo estuviera cuidadosamente ordenado. Se dio cuenta de que incluso llegaba a parecer cursi. Ahora, una parra cubría parte de la casa y casi sofocaba las flores que había plantado cuidadosamente al pie de las paredes.

La casa parecía como si le diera la bienvenida, como si estuviera pidiendo esa presencia femenina que le era tan necesaria. Diana sonrió. Si el hombre que la habitaba quisiera...

Ya había llegado a la puerta principal. Durante un largo rato se quedó allí, en el porche, tratando de encontrar el coraje necesario para llamar. Incluso con la poca luz que quedaba, se fijó en que la pintura naranja brillante que ella había escogido para la puerta, porque pegaba con los tonos ámbar y marrones naturales de la madera de cedro, estaba empezando a descascarillarse.

Un montón de sentimientos extraños bullían en su interior. Ross no era un hombre que descuidara lo que le pertenecía. Cuando ella vivía allí, él amaba su casa, incluso antes de casarse ya lo hacía. Pero ahora la casa estaba muy descuidada, como si su dueño hubiera perdido todo el interés por ella. Con un esfuerzo, Diana apartó de sí esos pensamientos y, extendiendo la mano, llamó al timbre.

Oyó unos pasos que se acercaban a la puerta y las rodillas empezaron a temblarle. Entonces Ross abrió y se la quedó mirando de arriba abajo, recorriendo con los ojos desde su encantador rostro hasta la punta de los pies, sin pasar por alto ningún detalle de su cuerpo.

Esa mirada salvaje destruyó cualquier tipo de defensa que Diana llevara preparada de antemano y, supo que lo que él temía era que estuviera allí no sólo por Adam, sino también por él.

Cuando Diana le miró a los ojos, se dio cuenta de lo mucho que su estancia en esa casa tenía que ver con su desesperada necesidad de estar con él. A pesar de la expresión que estaba adquiriendo su rostro, se moría de ganas de acercarse a él y abrazarle. Sólo Ross podía darle todo lo que necesitaba para ser feliz. Pero parecía que no estaba dispuesto a hacerlo.

Diana se esforzó por sonreír.

—Ross, he venido...

—Ya sé para lo que has venido —le contestó él fríamente.

—No..., no lo sabes. No es sólo por ti. Yo... estaba tan preocupada por Adam, que...

—Eso es una excusa. No me mientas, Diana. Sabes que te hubiera llamado en el mismo momento en que apareciera o que supiera algo. Lo mismo que harías tú.

Su voz vibraba por la ira. No hizo ningún esfuerzo para disimular que le fastidiaba profundamente su presencia allí.

Diana tenía las palmas de las manos húmedas por los nervios. ¿Por qué tenía que ser tan cobarde?

—Ross, no me ha sido fácil venir aquí, pero tenía que hacerlo.

Él seguía de pie en el umbral de la puerta, impidiéndole el paso.

—Vete a tu casa, Diana —le dijo empujando la puerta para cerrarla—. Ya te avisaré...

Cuando empezó a cerrarse la puerta, Diana perdió toda la compostura. ¡Le estaba dando con la puerta en las narices! ¡La estaba echando! Se arrojó literalmente hacia la puerta y le agarró una mano. Ese contacto hizo que se estremeciera. Instantáneamente, él sintió la misma sensación y apartó la mano para interrumpir ese breve contacto, pero no sin antes darle a Diana la satisfacción de ver que no era en absoluto inmune a ella como mujer, tanto, por lo menos, como no lo era ella hacia él como hombre.

Ross se había apartado un poco de la puerta, lo suficiente como para que Diana hiciera acopio de valor y se metiera dentro.

Ross le dirigió una mirada asesina, pero ella ya estaba decidida a todo.

—¡Por favor, no me eches! Por favor...

A pesar de su dura expresión algo le decía que él estaba librando una dura lucha en su interior entre las ganas que tenía de echarla y lo atraído que se sentía hacia ella.

De repente, como si no pudiera soportar más verla, Ross dio media vuelta y se dirigió hacia el interior de la casa.

—Vete, Diana. No quiero que estés aquí.

A pesar de que era consciente de su presencia, se negaba a mirarla. En vez de eso, miraba al suelo, a las ventanas o al techo. Pero todo lo que podía ver era a Diana y su encanto.

En lugar de obedecerle, ella se metió aún más en la oscura habitación, parándose a unos pasos de él. Cuando Ross se volvió por fin, vio la delicada belleza de su rostro bañado por el último rayo de sol que se filtraba a través de la ventana.

Ese pelo negro como el azabache y que orlaba el blanco rostro de Diana, le hizo recordar la primera vez que la llevó a esa casa, la primera vez que hicieron el amor en esa misma habitación. ¿Por qué había tenido que volver, cuando sólo su presencia en esa casa era una tortura para él?

Experimentó una sensación como de hambre hacia ella. A pesar de todo lo que había pasado, todavía era vulnerable a su atracción; el deseo volvía a golpearle sin que él lo quisiera. Tenía que sacarla de allí a toda costa.

Veía un pánico salvaje en sus ojos implorantes y eso le recordó aún más el miedo que tuvo cuando durmió por primera vez en la casa. Diana nunca fue capaz de explicarle realmente la razón de sus temores acerca de la casa y el bosque. Incluso desde el principio, fueron dos personas incapaces de comunicarse entre sí.

Diana había querido siempre dinero y riquezas y, sin embargo, él todo lo que había querido era a ella. Había intentado acercarse a ella y había fallado. Todavía le afectaba verla tan desvalida.

Una poderosa necesidad de protegerla le invadió de repente. Luchó contra ella, enfadándose consigo mismo por sentirla, recordándose lo desdichado que le había hecho en el pasado, y utilizando ese recuerdo como un arma que le librase de la belleza de Diana de su propia necesidad.

–No puedo dejar que te enfrentes a esto solo, Ross. Me voy a quedar y, mientras esté aquí, intentaré serte útil en lo que haga falta. Para empezar, voy a hacer un café.

Silenciosamente, Ross la vio desaparecer en la cocina. En cualquier otro hombre la forma en que había hablado hubiera hecho efecto. ¡Pero no en él! ¡Nunca más!, pensó. La conocía demasiado bien.

No prestó demasiada atención a los ruidos que provenían de la cocina hasta que, de repente, el ruido de algo que se rompía al caerse al suelo le sacó de su indiferencia. Se dirigió hacia allá y, en un momento dado, se paró en seco, sorprendiéndose a sí mismo pensando en que lo que tenía que hacer era sacarla a patadas de la casa. Pero, fuera lo que fuera lo que ella hubiera hecho anteriormente, era todavía su mujer y la madre de Adam.

Se pasó la mano por el pelo. ¿Por qué se le habría ocurrido aparecer por allí? A veces, en sueños, oía su voz acusándole: «Tú la has matado, Ross... Tú la has matado...».

¡Cómo podía ella haber pensado algo así! Era como si le hubiera dicho que él no quería a su hija, Tami... Como si él fuera capaz de hacer cualquier cosa para hacer daño a Diana, él, que la amaba tanto, más de lo que cualquier hombre en su sano juicio podría amar a una mujer.

Había sufrido más cuando la perdió a ella que cuando murió Tami. Esa acusación le había destrozado el corazón. Diana se había apartado de él como si no significase nada. Se había desprendido de su amor, demostrándole muy claramente lo poco que había significado para ella. No le había llamado ni una sola vez ni le había indicado que sentía algo por él. Hasta esa noche, seis semanas atrás, cuando se la encontró en Houston. En el mismo instante en que la vio se sintió invadido por una especie de hambre de ella, y se había odiado por sentir eso.

Le había dejado asombrado cuando le dijo que todavía le quería y que quería volver con él, aunque todavía no entendía por qué. Quizás ya se había olvidado del dolor que le produjo la muerte de Tami y creía que todavía le amaba. Quizás sentía realmente lo que había hecho. O, quizás, había descubierto por fin que el dinero y la buena vida no era lo que quería después de todo. Pero nada de eso le importaba ya. Estaba dispuesto a apartarla de su vida, a ser feliz, y estaba más obcecado que nunca en vivir su vida sin aquella mujer, cuya pérdida casi le había destruido.

Ross recordaba vivamente la noche, hacía ya tres años, cuando le dijo que se fuera. Se había humillado ante ella, le había suplicado que le perdonara, y ella le había rechazado fríamente, sumiéndole en el terror. Hubiera querido que alguien le consolase en su propia pena y Diana le trató como si fuera cualquier cosa menos un ser humano.

Cuando tuvo que abrirse paso para entrar en su habitación, ella le recibió como si fuera un monstruo. Tenía grabada en la mente la expresión de asco de su cara, el horror que sentía hacia él. Cuando la besó y se encontró con esos labios que parecían de todo menos de carne y hueso, se dio cuenta de lo tonto que era al querer a una mujer que ya no le quería a él. Supo entonces que ella pensaba de verdad que había matado a su hija y que no podía amarle.

Pero ella era la única mujer a la que podía amar y por eso, aunque se había hecho a la idea de que tenía que terminar definitivamente con ella, los últimos tres años habían sido como una pesadilla, un infierno de soledad. Sin embargo, no tenía la más mínima intención de volver a repetir la experiencia. ¿Por qué demonios no habría empezado ya con los trámites del divorcio?

Cuando apareció Diana de nuevo en el salón, llevaba una bandeja con un par de humeantes tazas de café. A Ross le pareció que la habitación se llenaba de inmediato con su increíble belleza. Ella le miró sin decir nada, sonriendo, como temiendo hablar. Entonces, apartó de una mesita algunas revistas y un cenicero y dejó allí la bandeja.

El café olía tan bien que Ross casi podía saborearlo. Ni siquiera sabía que le apetecía un café hasta que lo tuvo delante.

–Ya te he hecho el café... como te gusta.

Durante un instante, Ross no supo qué hacer. Entonces, se dio cuenta de que Diana le estaba mirando con ojos brillantes y que un largo silencio se había producido entre ellos. Casi no había hablado con ella desde que llegó. Tardó un poco en recordar lo que le había dicho al llegar y que le había sorprendido tanto. Cuando lo recordó, le pareció como si le dieran un martillazo en la cabeza.

«No puedo dejar que te enfrentes a esto solo, Ross», le había dicho. La ironía de estas palabras se le clavó en la mente con tanta fuerza que sintió algo parecido al odio.

–¡No, no quiero tu café! Ni ninguna otra cosa que provenga de ti. Tú me dejaste hace tres años, culpándome por la muerte de Tami, haciendo que me enfrentara solo al infierno de su pérdida. ¿Dónde estabas tú entonces, cuando te necesitaba de verdad?

Ese súbito exabrupto la pilló por sorpresa y derramó su café, quemándose los dedos.

–Ross, yo...

–Tú has triunfado en tu nueva vida. ¿Por qué no te has quedado satisfecha con eso?

–Porque todavía os quiero a Adam y a ti.

–¡Palabras! ¡Nunca has sabido lo que significan!

–Sí, lo sé... ahora...

–¿Y por qué tengo que creerme eso? ¿Cómo puedo pensar que ahora sí que estás interesada por mí?

–Me equivoqué. No sé la razón por la que actué así entonces. Puede que nunca lo sepa. He estado durante estos tres años tratando de comprenderlo, pero todo lo que sé ahora es que me marché deliberadamente de tu lado. Y que ahora quiero volver. Lo he querido desde hace mucho tiempo. Pero hasta que no te vi de nuevo... tenía miedo de admitir... incluso para mí misma...

–Cuando me viste entonces, pensaste que estaba tan ansioso de ti que me ibas a poder liar de nuevo –le interrumpió él agriamente–. Puede que eso te resulte más difícil de lo que te creíste cuando estabas allí, en Houston... cuando estabas sola. A pesar de toda esa apariencia opulenta, es fácil sentirse solo en medio de una multitud. Y la soledad te proporciona extraños compañeros de cama. ¿No es cierto, pequeña?

Ross se rió sin ganas; mientras la miraba, sus largas y oscuras pestañas hacían que su mirada fuera aún más oscura y profunda, se podía creer que incluso llegaba a quemar por su intensidad.

–Incluso nos puede llegar a juntar a nosotros de nuevo para pasar una noche loca. Tú y yo no tenemos nada que hacer ya juntos; nunca lo tuvimos.

Ella temblaba bajo esa terrible mirada, pero Ross continuó:

–Pero ¡qué noche tuvimos! Te diste cuenta, ¿no?

Esos profundos ojos la recorrieron, saboreándola, desnudando con la mirada ese cuerpo voluptuoso y erótico que tenía bajo la ropa, recordando cómo se le escapaba de debajo cada vez que se movía esa ridícula cama que tenía en su cuarto.

–No te reprimiste lo más mínimo. Incluso cuando vivíamos juntos, nunca te entregaste tan completamente.

–A lo mejor... era porque no podía –fue todo lo que pudo contestarle. Se sentía destrozada.

–A lo mejor... –murmuró él irónicamente–. O a lo mejor lo que estabas intentando era utilizar el sexo para atraparme de nuevo.

Diana se puso pálida, y la entereza que se había propuesto tener para aguantar todo lo que le dijera, pareció como si se esfumara cuando se sentó en el sillón y enterró la cabeza entre las manos. En lugar de sentirse triunfante, Ross se sintió como un animal y tuvo que darse la vuelta para evitar acercarse a consolarla.

–Ross, yo nunca quise hacerte daño –le dijo ella intentando mantener la calma, hablando tan bajo que casi no se la podía oír–. Sería lo último que hubiera querido hacer.

Él se dio la vuelta rápidamente, y cuando vio a la pequeña figura que estaba arrebujada en el sillón, supo que tenía que salir inmediatamente de la habitación.

–¡Pues si hubieras querido hacérmelo...! –le contestó tratando de continuar con el tono agrio e irónico–. Pero, dado que ya estás aquí y parece imposible echarte, creo que no estaría de más que sirvieras para algo. Quédate atendiendo al teléfono mientras yo voy a trabajar.

Ella asintió manteniendo la cara entre las manos para que él no viera cómo lloraba. Un largo rato después de que Ross se marchara dando un portazo, Diana seguía todavía en la misma postura, tratando de poner en orden sus exaltadas emociones. Ross tenía toda la razón del mundo para ponerse así y ya sabía a lo que se enfrentaba al ir allí. Pero estaba completamente decidida a algo por una vez en su vida, sabía que tenía que quedarse allí, no sólo por Adam, sino también para luchar por su matrimonio.

Cuando consiguió serenarse, se levantó, recogió la bandeja con lo que quedaba de los cafés y volvió a la cocina. Cuando abrió la nevera, vio que podía hacerle a Ross su plato favorito con lo que había allí. Él siempre había apreciado lo bien que cocinaba Diana y, generalmente, le gustaba todo lo que hacía. Era obvio por el aspecto del jardín, la cocina y la casa en general que Ross necesitaba a alguien que se ocupara de él.

Una tímida sonrisa surgió en su rostro cuando recordó lo que le había dicho antes de marcharse: «A lo mejor lo que estabas intentando era utilizar el sexo para atraparme de nuevo». Entonces, eso la había herido, pero ahora... Había muchas más cosas que el sexo para tentar a un hombre como Ross, pensó con satisfacción femenina mientras empezaba a preparar la cena.

Mientras trabajaba era consciente del terrible silencio que guardaba el teléfono, y de que Ross estaría por ahí haciendo tiempo hasta que se hiciera de noche para evitar estar con ella todo lo que fuera posible.

En menos de una hora, había preparado la cena, limpiado toda la cocina, e incluso había sacado brillo a los muebles. Además había encendido las luces, de modo que el siniestro salón que la había recibido al principio, ahora era una encantadora y acogedora habitación.

Era una habitación clásica de hombre, grande e iluminada por unas claraboyas en el techo, además de por unos enormes ventanales. Los colores eran cálidos y reflejaban la personalidad del hombre que vivía allí. Cuando Ross se casó con ella, a Diana le había encantado esa habitación, tanto que no cambió nada; para ella, era el espejo de Ross.

Se le ocurrió pensar entonces en cómo estaría el pequeño jardín que tenía en la parte de atrás de la casa, así que se dirigió hacia la puerta trasera.

Encendió la luz de fuera y salió al pequeño patio. Inmediatamente, la envolvió el olor de las lilas que impregnaban el aire nocturno.

Sonriendo, se acordó de la soleada tarde del sábado en que ella y Ross habían preparado el jardín y de todas las demás tardes que se había pasado allí plantando y arreglando las flores. Le parecía como si hubiera pasado ya mucho tiempo. Ahora las hierbas habían crecido entre los parterres y casi estaban asfixiando las flores.

El teléfono empezó a sonar y Diana salió corriendo hacia el interior de la casa; logró descolgarlo antes de que diera el segundo timbrazo.

–¿Sí? –respondió trémula.

–¿Linda? –preguntó desconcertada una profunda voz masculina.

–No... Soy... la señora Branscomb.

Pudo oír una especie de tos nerviosa al otro lado de la línea.

–Soy David Procell. ¿Está Ross por ahí?

El corazón de Diana empezó a latir con tanta fuerza que le pareció que se le iba a salir por la boca.

–Le... le puedo ir a buscar.

Tratando de dominar el pánico, dejó encima de la mesa el teléfono y ya iba a salir corriendo para intentar buscarle cuando una mano se lo impidió y se vio apretada contra un poderoso cuerpo masculino.

–Estoy aquí –le dijo Ross amablemente mientras la agarraba de la cintura, sujetando su tembloroso cuerpo contra él mientras levantaba el auricular–. Soy Branscomb...

Diana estaba sorprendida por no haberle oído entrar. Pero estaba agradecida por su presencia, por la silenciosa entereza que le comunicaba con su proximidad. El miedo que había tenido se estaba esfumando mientras escuchaba su baja y calmada voz, preguntando cosas y dando órdenes. También estaba agradecida de que su brazo la estuviera sujetando, porque ese gesto implicaba una intimidad, una necesidad que no solamente era suya, sino también de él.

Cuando Ross colgó, continuó sujetándola contra sí durante un largo instante. Diana sintió cómo se movía su mano a través del pelo y, se acercó aún más a él, esperando con expectación a que hablara, no sintiéndose capaz de decir nada por miedo a equivocarse.

–David está en la estación de autobuses de Houston y cree que Adam está también en la ciudad –dijo por fin–. Pero todavía no lo ha encontrado.

–Quizás... deba volver...

Ross la agarró con más fuerza por la cintura y ella sintió su cálida respiración sobre la cabeza. Cada uno de sus nervios estaba alterado por su presencia. Las siguientes palabras que pronunció la dejaron estupefacta.

–Esta noche... Y menos con ese trasto que has traído y estando preocupada por Adam. Además, yo he sido muy desagradable contigo, y sé cómo conduces cuando estás preocupada. Puedes hacer perfectamente que ese bólido y tú os estampéis contra el primer árbol que te encuentres.

¡La iba a dejar quedarse! El corazón se le volvió a disparar, pero esta vez de alegría, a pesar de que, como siempre, se hubiera metido con su forma de conducir.

–¡Ross, sé conducir...!

–Sí, claro. Entonces, ¿por qué no has venido en tu propio coche? –murmuró él suavemente.

Trató desesperadamente de buscar una mentira para defenderse, pero capturada como estaba contra su poderoso cuerpo, casi no podía ni pensar.

–Yo... esto...

La sonrisa de Ross le dijo que estaba saboreando su victoria, pero, por lo menos, tuvo el tacto suficiente como para no decir nada más.

Siguió apretándola contra su cuerpo durante un

largo rato. Ella reposaba la cabeza contra su hombro y el negro pelo le caía a lo largo de todo el brazo.

–Cuando sonó el teléfono me di cuenta de lo mucho que te necesito aquí –dijo por fin Ross, apretándola aún con más fuerza–. Estaba aterrorizado.

–Y yo también.

–El estar esperando algo solo es como un infierno –admitió él de mala gana.

Su encanto estaba llevando a cabo su vieja magia en ella.

–Yo también sé que necesito estar contigo.

–Puedes dormir en la habit... ... ...Adam.

Ross estaba intentando decirle ... eso que no la estaba ofreciendo otra cosa más que dormir.

–Por esta noche.

–De acuerdo.

También hubiera estado de acuerdo si le hubiese ofrecido dormir en el suelo, con tal de que la dejara quedarse.

Él la tomó suavemente de la mano.

–Me alegro de que estés aquí, a pesar de lo que dije antes. La espera se hace siempre mucho más dura por la noche.

Ross la hizo apoyar la cabeza en su pecho, y Diana pudo oír los latidos de su corazón. Una especie de paz les envolvió mientras se apoyaban el uno en el otro en esa silenciosa casa.

Al cabo del rato, Ross se separó de ella.

–¿Qué es lo que hace que la casa huela mejor cuando tú estás aquí?

–Puede ser por dos cosas, por las lilas que he traído o por lo que estoy cocinando.

–Voy a echarle un vistazo a eso.

La volvió a tomar de la mano y se fueron a la cocina. Cuando levantó la tapa de la olla, se le hizo la boca agua.

–¿A qué estamos esperando para poner la mesa?

–Yo también estoy hambrienta –admitió Diana sonriéndole–. Todo lo que he comido hoy han sido unos mordiscos de la pizza que Bruce me trajo a mediodía.

Ross se apartó bruscamente y, con la excusa de sacar los platos del lavavajillas, se dio la vuelta. No le gustaba nada la idea de imaginarse a ese Bruce y a su esposa juntos, más aún cuando recordó el Ferrari que estaba aparcado al lado de su furgoneta. No pudo evitar sentir unos enormes celos.

Diana, mientras tanto, no se había dado cuenta de nada y seguía preparando una ensalada, así que Ross, haciendo un gran esfuerzo, apartó a Dixon de su mente y dedicó toda la atención de que era capaz a preparar la sopa.

Mientras cenaban en la cocina, Ross no tuvo más remedio que admitir varias cosas. La primera, que lo que se estaban comiendo no tenía nada que ver con la dieta que seguía habitualmente de hamburguesas y congelados; la segunda era que no hacía aún dos horas que Diana había vuelto y todo parecía radicalmente diferente. Repentinamente, cayó en la cuenta de lo mucho que la echaba de menos y de lo mal que se había organizado en su ausencia. También se dio cuenta de que había sido bastante tonto al dejarla quedarse.

Comieron en silencio, pero no era desagradable porque la hostilidad había desaparecido entre ellos. De momento Ross había depuesto su actitud hacia ella y admitía su presencia allí, por lo menos hasta que apareciese Adam.

Diana observó con satisfacción que él se servía otro plato de estofado. Estaba muy claro que había llegado a echar de menos su cocina. Suspiró. Quizás algún día...

De vez en cuando, le sorprendía mirándola desde el otro lado de la mesa y pensó que estaba luchando contra sus propios sentimientos. Con toda seguridad, estaba perdiendo la batalla. Todavía quedaba por ver dónde iban a dormir esa noche.

Una luz oscura y caliente brillaba en el fondo de los bellos ojos de Ross, y la sangre de Diana estaba inflamada por una pasión que sólo él podía encender. En una ocasión, cuando sus miradas se cruzaron, ella se preguntó si estarían pensando en lo mismo, si se estaría imaginando desnudo en la enorme cama de su dormitorio con ella, también desnuda, satisfechos después de haber hecho el amor.

Ninguno de los dos era capaz de hablar todavía, ella por temor a decir algo inconveniente, y él porque se sentía igual que un tímido quinceañero. Pero ¡si la mujer que tenía delante no era ni más ni menos que la suya! ¡La que él mismo había decidido apartar de su vida!

Ross salió de la habitación sin decir ni una palabra. Estaba disgustado consigo mismo. La quería, nunca había dejado de quererla. En ese momento, supo lo que siempre había sabido... que no podía vivir sin ella.

Pero estaba dispuesto a intentarlo.

Capítulo Siete

La breve armonía que había reinado entre ellos se rompió con la súbita salida de Ross. Entonces, ella volvió a sentir que no era bien recibida en esa casa. Se entretuvo en arreglar otra vez la cocina, tratando así de no pensar en Ross. Cuando el lavavajillas dejó de hacer ruido, ella pudo oír los movimientos de Ross en la otra habitación. No paraba, no se estaba quieto ni un momento, encendía un cigarrillo detrás de otro y era evidente que no podía concentrarse en la televisión, porque cambiaba continuamente de canal, hasta que la apagó y se fue a su habitación.

Cuando Diana salió a la sala, vio que él había sacado su maleta del coche y allí estaba, en mitad de la habitación. La agarró y se la llevó al dormitorio de Adam. Allí se desnudó y se dio una ducha en el cuarto de baño de su hijo. Cuando terminó, se enrolló una toalla en la cabeza y se puso el camisón más querido por ella, uno de felpa que en sus buenos tiempos había sido rojo y que, en la actualidad, era de un color rosa pálido; no era precisamente bonito, pero era cómodo y le tenía cariño, a pesar de que Ross lo odiaba y siempre que se lo había puesto cuando todavía estaban juntos le había gastado bromas a su costa.

Diana se metió en la litera de Adam. Incluso antes de apagar la luz sabía que iba a tardar horas en dormirse, no sólo por los sucesos del día, sino también porque esa cama era demasiado pequeña y estrecha e iba a extrañar la suya.

La pálida luz plateada de la luna se filtraba a través de los árboles que rodeaban la casa. Un póster de la pared le trajo a la memoria lo pesado que había llegado a ponerse Adam con ese personaje de tebeo y, por supuesto, de ahí a ponerse a pensar en el niño sólo había un paso.

Con los ojos de la imaginación le vio perdido en la gran ciudad que era Houston. En la ciudad había gran cantidad de mendigos y rufianes que, atraídos por la fama de riqueza de Houston, merodeaban por ahí. ¿Cómo iba a poder manejarse un pobre niño de diez años entre toda esa gente?

Se sentó en la cama, aterrorizada. Trató de obligar a su mente a que abandonara ese terror de pesadilla que trataba de invadirla. Tenía que hacerlo. Rezó una larga y silenciosa oración y se quedó más tranquila.

Pasaron las horas y seguía sin poder dormirse; esos sueños torturadores la despertaban cada vez que lo lograba. Entonces, agotada, volvió a dormirse.

Al principio, pareció como si estuviera soñando que sonaba un teléfono. De repente, se despertó atenazada por el miedo. El sonido era completamente real. Oyó también cómo lo descolgaba Ross desde el supletorio de su habitación.

El terror la dominó por completo, retiró de un golpe las sábanas y saltó de la cama, pisando algo que se había dejado tirado por allí Adam. Corrió hasta la habitación de Ross y entró en estampida en ella.

Todo parecía irreal bajo esa pálida luz. Se acercó a la cama y se sentó al lado de Ross. Inconscientemente, metió una mano por entre las sábanas en busca de la de su marido.

–Espera un momento –dijo Ross a la persona que estaba al otro lado de la línea.

La atrajo suavemente hacia él, como tratando de protegerla.

–Está bien, Diana. David le ha encontrado.

–¡Gracias a Dios! –murmuró ella incapaz de contener las lágrimas y rompiendo en una risa histérica mientras se apoyaba en él.

Ross le levantó el rostro y la besó en los labios. Fue un precioso y mágico momento.

–No llores, querida. Adam está a salvo. A salvo...

Manteniéndola todavía pegada a él, Ross volvió a prestar atención al teléfono. Diana casi no podía oír lo que estaba diciendo, pero ya sabía bastante. Adam estaba durmiendo en el sofá de Bruce, y David lo iba a llevar a Orange a primera hora de la mañana.

Cuando Ross colgó, su propio alivio era tan intenso como el de Diana, así que se quedaron un rato más como estaban, en silencio y abrazados encima de la cama. Él no supo de verdad el miedo que había pasado hasta que no se deleitó con la dulzura del alivio.

Amablemente, le volvió a repetir los detalles del asunto a Diana, que no estaba como para enterarse de nada, así que, cuando se cansó, le dijo que ya se lo explicaría mejor por la mañana.

Lo que Ross no le había dicho era que su primer impulso, al enterarse de que Adam estaba en Houston, había sido ir a recogerle, pero que David se lo había impedido diciéndole que lo que debía de pretender Adam en realidad con esa actitud era ver de nuevo juntos a sus padres.

Ross había aceptado; no sólo porque se trataba de su hijo, sino también por sus propias y egoístas razones. Era mucho más fácil que Adam le volviese a aceptar si Diana estaba a su lado. Ella era una mujer y, como todas, tenía una misteriosa habilidad para suavizar las tensiones entre padre e hijo antes de que se escaparan completamente de cualquier control. Hasta entonces, nunca había caído Ross en la cuenta de lo mucho que necesitaba Adam a su madre, ni lo fácil que se le hacía el papel de padre cuando ella estaba allí.

Todavía amaba a Diana y, por el momento, ese pensamiento le hizo desechar el deseo de que se marchara de su vida.

Por otra parte, había estado solo, sin una mujer, su mujer, durante demasiado tiempo. Ella era su esposa, la mujer más hermosa que conocía y, él era sólo un hombre.

–Diana...

Ese nombre en sus labios sonó como una melodía y supo que ella se daría cuenta en seguida del cambio en su forma de pensar.

–Hummm...

–Creo... que bajo estas circunstancias... podríamos reconsiderar la forma de dormir que habíamos planeado para esta noche. Ya que Adam volverá mañana... y va a necesitar su habitación.

–Tenemos algo maravilloso que celebrar, ¿no, Ross? ¿Qué podríamos hacer para celebrarlo?

Ross empezó a sentirse excitado por momentos.

–¿Por qué me preguntas lo que ya sabes?

–Porque algunas preguntas... son muy divertidas de hacer.

–Puede que la respuesta sea más divertida aún.

Por primera vez en tres años, se habían acercado el uno al otro para satisfacer la necesidad de ambos. Ninguno de los dos pensaba en nada más que en el placer que le proporcionaba la proximidad del otro.

Ross podía notar las curvas del cuerpo de Diana a través de la tela del camisón. La presencia de Diana en esa habitación le traía a la memoria muchos y agradables recuerdos eróticos y había sabido desde el mismo momento en que entró corriendo en la habitación, con ese horrible camisón que siempre había utilizado como algo sobre lo que gastar bromas momentos antes de hacer el amor, que ya no podría aguantar por más tiempo la necesidad que tenía de ella.

–Te quiero, Diana. Has ganado. No tengo la suficiente resistencia como para aguantar más el deseo que tengo de ti.

–Por lo menos, espero que sí la tengas para... ya sabes...

–No te preocupes por eso –le dijo fieramente y totalmente descontrolado mientras la atraía hacia sí.

La sangre de Diana parecía hervir y los latidos del corazón le golpeaban en los oídos.

–Te amo, Ross...

–No me hables de amor –le dijo él agriamente; la vieja amargura atacaba de nuevo–. Tú eres una mujer, yo un hombre. Vamos a dejar que las cosas sean así de simples entre nosotros.

La sonrisa de Diana desapareció por completo, tenía los labios apretados, como si quisiera mantener dentro la tristeza.

–No quería decirte cosas que te pudieran hacer daño –continuó él más amablemente–. Ya lo sabes.

–Sí, lo sé... –murmuró ella tratando de deshacer el nudo que tenía en la garganta.

Debería darse por contenta con que fuera delicado con sus sentimientos y con que todavía la deseara.

Muy suavemente, Ross le pasó los dedos a través del perfumado pelo y luego le dio un beso en el cuello. Un hombre se podía perder perfectamente por una mujer como ella.

Ignorando su dolor interior, se acurrucó contra él, rozándole con su cuerpo tan provocativamente que Ross gimió de placer. Se puso tan tentadora que se volvió loco de deseo. Cuando cubrió su boca con los labios, pudo notar completamente su respuesta, Diana abrió la boca de forma que la lengua de Ross llegara fácilmente hasta sus más recónditos rincones.

Ross la levantó el camisón hasta que le quedó por encima de los pechos, revelando toda su belleza. Inmediatamente después, se lo quitó del todo, arrojándolo sobre la alfombra.

Diana presionaba sus pechos contra él, y Ross era cada vez más sensible a aquel maravilloso cuerpo que estaba en contacto con el suyo. El deseo crecía de una forma tan incontenible que lo único que podían llegar a decirse en ese momento eran una serie de sonidos inarticulados que, se suponía, eran palabras de amor.

Pero no todo le iba bien a Ross. De repente volvió a angustiarse. Pensaba que se estaba dejando poseer demasiado por la mujer que había decidido apartar para siempre de su vida y, lo que era peor, la experiencia no le estaba disgustando. Su suavidad le aceleraba el pulso hasta llegar casi a la taquicardia. Sus manos jugaban con el cuerpo de Diana, haciéndola volverse loca con ese toque delicado. Bajando más abajo, sus dedos expertos le acariciaron la piel más suave de la parte interna de los muslos.

Ese toque inesperado le produjo un irrefrenable escalofrío, tan fuerte que trató de escaparse de esa exquisita tortura y de las sensaciones que le estaba produciendo. Al darse cuenta de ello, Ross le pasó una pierna por encima, atrapándola debajo de él, de forma que pudiera continuar tranquilamente con su exploración. La mano que la recorría llegó por fin a los lugares más recónditos y secretos de su húmeda piel, haciendo que eso ya fuera demasiado para Diana.

–No, Ross –le suplicó casi sin respiración, mientras la rozaban esos expertos dedos–. Me vuelvo loca cuando me haces esto...

–Agradablemente loca, espero.

–No puedo pensar... ni respirar.

–No es necesario que pienses. Lo que quiero es que sientas cómo me haces sentirme a mí.

Cuando ya parecía que no iba a poder resistir más esa sensación, Ross apartó la mano. Tranquilamente, se apartó a un lado y, con toda facilidad, la levantó y se la colocó encima, dejándola allí suspendida, durante un momento, admirando sus senos y la delgadez de la cintura que casi podía abarcar fácilmente con las manos.

Ross vio cómo le brillaban los enormes ojos azules cuando la bajaba poco a poco. Un escalofrío le recorrió cuando tuvo el primer y envolvente contacto con ese cuerpo y, como saboreando el momento, empezó a moverla sobre él.

–Oh, Ross... Ross... Ross...

Estaban completamente juntos, como sólo pueden estarlo dos personas que se aman, como si fueran las dos piezas de un rompecabezas, dos almas que se hubieran encontrado en mitad de la eternidad del universo. Le estaba haciendo el amor fieramente, tomando todo lo que ella le ofrecía. Diana tenía la cabeza baja, inclinada sobre él, de forma que sus largos y negros cabellos le rozaban el pecho.

Una y otra vez ella gritaba su nombre, mientras el deseo la invadía con sus ardientes olas, hasta que todo se eclipsó en una meteórica explosión de sensaciones ardientes. Pero él también quería tener su parte de placer, de modo que la colocó debajo de él para continuar.

Sus grandes y fuertes manos le rodeaban los pechos y se deslizaban hasta su cintura, mientras se movía más y más rápidamente. En el momento cumbre, Ross se había puesto a gritar «te quiero» con todas sus fuerzas.

Una vez que se produjo su colapso dentro de ella, su cuerpo se fue relajando paulatinamente. Mientras la miraba en silencio, su mente era un maremágnum de emociones; no quería ceder por completo al poder que ella ejercía sobre él, a lo mucho que podía llegar a dominarle. No había habido barreras entre ellos cuando hacían el amor, pero cuando desapareció la pasión, Ross fue notando cómo volvía a ser él mismo.

Diana estaba allí, a su lado, acurrucada contra su cuerpo, extrañada por la ausencia de palabras de amor, pero estaba demasiado cansada como para preocuparse. El que estuvieran juntos ya era bastante.

***

Cuando Diana se despertó a la mañana siguiente, el sol ya se estaba colando por los largos y estrechos ventanales de la habitación. Semidormida todavía, extendió un brazo en la dirección en la que se suponía que estaba Ross, y lo único que se encontró fue un bulto de sábanas frías y deshechas. Cuando se dio cuenta de que no estaba, ya casi se había despertado por completo. Hacía tres años, cuando vivían juntos todavía, él solía despertarla con un beso y un cariñoso «buenos días».

Las cosas eran muy diferentes entre ellos ahora, pensó mientras volvía a arrebujarse entre las sábanas. Sabía que era reacio a volver a vivir con ella y sospechaba que ésa era la razón por la que se había levantado tan temprano y se había ido. A lo mejor había decidido que ya estaba bien y que no quería tener nada más que ver con ella. Pero cuando recordó la forma apasionada en que habían hecho el amor la noche pasada, lo dudó. Una leve sonrisa de satisfacción apareció en sus labios, haciendo que desapareciera la mueca de pena. Quizás estaba ya cerca de ganarse a Ross, más de lo que él estaba dispuesto a admitir.

–Paciencia –se dijo a sí misma–. Paciencia.

Pero le resultaba muy difícil darle el tiempo que parecía necesitar.

Tomó el camisón rosa y se levantó de la cama. Cuando sé lo puso, no pudo evitar el recordar otra vez la pasión de la noche anterior. Quizás sí era el camisón más sexy que tenía....

Media hora más tarde, ya estaba en la cocina, preparando el desayuno. Ross se había llevado la furgoneta. Varias hojas del *The Orange Leader* estaban esparcidas por la cocina, como si hubiera empezado a leerlas y no hubiera sido capaz de concentrarse, y un solo cigarrillo había sido impacientemente aplastado en el cenicero.

Cuando terminó de desayunar, se sentía demasiado cansada como para hacer algo constructivo, pero al cabo de un rato, recordó los consejos de su madre para que aprovechara los momentos en que estuviera sola, así que sacó un pollo del frigorífico y se puso a preparar uno de los platos favoritos de Ross. Después, arregló todo y puso flores en los floreros. Suponía que todo eso le resultaría agradable cuando volviera.

Estaba fuera, cortando algunos ramilletes, cuando un Chevrolet blanco desconocido se paró delante de la casa. Agradecida por tener alguna excusa para dejar de trabajar y esperando que fuera Ross, se levantó y se quedó mirando el coche que acababa de llegar. Cuando se abrió una de sus puertas y salió un chico moreno que echó a correr en dirección a ella, su hermoso rostro se iluminó con una sonrisa de felicidad.

Adam se arrojó a sus brazos abiertos y las lágrimas de Diana le empaparon el pelo; sus manos embarradas ensuciaron la bonita camiseta roja que el niño llevaba.

Cuando levantó la cabeza, se dio cuenta de que no estaban solos, era evidente que alguien tenía que haber conducido. Allí estaban Ross, David y Bruce, mirándola con atención.

Ross parecía estar muy incómodo, como apartado. Necesitaba reencontrarse con Adam y pasar revista a todo lo que había pasado aunque, por amor propio, mantenía las distancias.

—Adam, hijo... tu padre está aquí. Él...

Los negros ojos de Adam se oscurecieron imperceptiblemente.

—Psé...

La pequeña mano le agarró fuertemente la suya cuando miró de reojo a su padre.

—Ha estado muy preocupado por ti, Adam. Lo hemos estado los dos. Él te quiere. Por favor, ¿por qué no vas con él?

—No... No puedo. Me he escapado de él.

—Hazlo por mí.

Adam dudó un momento y su desafiante expresión se suavizó.

—De acuerdo, si eso es lo que quieres.

Diana le sujetó con fuerza.

—Quiero que volvamos a ser una familia, y éste puede ser el primer paso.

Algo brilló en los oscuros ojos del niño, como un débil rayo de esperanza, pero se desvaneció casi tan pronto como apareció. Parecía como si, al contrario que ella, Adam no estuviera muy convencido de que eso fuera posible.

Diana le observó cuando Adam se acercó de mala gana a su padre. Ross, cuya cara estaba tan sombría y denotaba tanta cabezonería como la de su hijo, se separó de los demás hombres para encontrarse con Adam a medio camino. Cuando se encontraron ambos, Ross se puso de rodillas y le abrazó. Durante un largo e intenso instante le tuvo entre sus brazos silenciosamente.

Ross había tenido mucho miedo de perder a ese niño, su hijo, como había perdido siempre a todas las personas que había amado. Todavía podía perderle si no aprendía a cambiar, y no estaba seguro de poder hacerlo si no tenía a Diana a su lado. Fue en ese momento cuando se decidió en serio a no separarse de ella, ya no importaba si por el niño o por él mismo.

Adam levantó la vista y miró a sus padres; no comprendía la extraña forma de actuar de los adultos. Habían sido enemigos desde hacía mucho tiempo y ahora no podía dar crédito al calor que había en los ojos de su padre, ni a la nueva suavidad que había en los de su madre.

–¿Dejarás que mamá se quede con nosotros?

–Si quiere... La verdad es que nunca me di cuenta de la falta que te hacía estar con ella.

Deliberadamente omitió sus propias necesidades en lo que a ella concernía, pero le remordió la conciencia cuando vio la triste mirada que tenía Diana en sus ojos azules antes de contestar.

–Sí, me quedo.

Durante un rato, cada uno de ellos de lo único que fue consciente fue de la felicidad de haberse encontrado de nuevo.

Hubo que volverse a ocupar de las cosas prácticas muy pronto, Ross tuvo que ocuparse de Bruce y David mientras Diana llevaba a Adam adentro para que se bañara y se cambiara.

La habitual familiaridad con que Bruce trataba a Diana no dejaba de fastidiar a Ross, que se mostró menos agradecido hacia aquel hombre de lo que debía. No pudo evitar mostrar un cierto tono posesivo cuando hablaba de Diana y demasiado entusiasmo cuando cerró de un portazo la puerta del Ferrari y pudo meter por fin dentro a Bruce para que se marchara solo a Houston.

–Muchas gracias de todas formas por prestar el coche a Diana y por ofrecerte a llevarla de vuelta a su casa.

Ross se esforzó por sonreír a ese hombre tan distinguido. Bruce puso el motor en marcha, vagamente divertido por la situación.

–Ha sido un placer –le dijo Bruce sonriéndole y secretamente satisfecho de que un hombre como Ross pudiera llegar a tener celos de él de esa forma tan evidente.

–Ya la llevaré yo mismo dentro de un par de días para que pueda dejar todo arreglado allí.

–Os deseo mucha suerte a los dos –le contestó Bruce sinceramente.

Esas palabras quedaron en el aire entre ellos, como un símbolo de lo incierto que podía ser el futuro.

Después, Bruce miró hacia la casa y vio que Diana se había asomado a una de las ventanas del segundo piso y le estaba diciendo adiós con la mano.

–Una chica preciosa –dijo con franca admiración y un tono de voz calculado exactamente para que la sangre de Ross hirviera–. Trátala bien esta vez... o vas a tener que responder de ello. Mi segunda esposa tenía más o menos su edad.

Ross no conocía a Bruce lo suficiente como para reconocer el brillo de diversión que tenían sus ojos grises, y la desagradable respuesta que le iba a dar quedó ahogada cuando Bruce arrancó el coche. Salió disparado en medio de una nube de gravilla y polvo. Cuando la polvareda se desvaneció, Bruce ya se había ido, y todo lo que se podía ver del deportivo rojo era una pequeña manchita seguida por una nube de polvo.

Ross hundió las manos en los bolsillos de sus vaqueros y se quedó mirando el camino por donde había desaparecido el coche. Bruce era exactamente el tipo de hombre que Madeleine hubiera querido para Diana. Un hombre con una portentosa fortuna y un elevado prestigio social. Pero Diana le había elegido a él en lugar de a Bruce o a alguien como él. Había estado viviendo durante tres años en Houston sin tener relaciones con ningún otro hombre. Eso podía ser un signo de que nunca había llegado a renunciar por completo a su matrimonio, a pesar de que esa renuncia podía llegar a ser completa con el tiempo. Más tranquilo, Ross se metió también en la casa.

Durante el resto del día, estuvieron tratando de actuar como si no hubiera pasado nada, volviendo a encauzar a Adam en su rutina, cada uno de ellos por su lado, tratando de no tener que ver el uno con el otro.

Diana notaba que Ross estaba tratando de evitar cualquier contacto con ella. La iba a dejar quedarse como su esposa, pero temía que una impenetrable barrera quedara entre ellos. Había perdido la confianza de Ross y no le iba a ser fácil recobrarla.

En vista de la situación, se dedicó a Adam. Había perdido un día de colegio y tenía que recuperarlo, así que le ayudó a hacer los deberes. Al cabo de un rato, se dio cuenta de que no le prestaba mucha atención y de que se ausentaba a cada momento con distintas excusas. Cuando ya se hartó, vio por sus cuadernos que lo poco que llevaba de curso no había sido demasiado brillante. Quizás fuera porque no era feliz.

Ross estaba en otra habitación, tratando de concentrarse a su vez en algún trabajo atrasado, y las voces que daba su familia le llegaban con toda claridad. En el pasado, había llegado a acusar a Diana de proteger demasiado a sus hijos. Pero ahora se alegraba de que se estuviera ocupando de Adam, porque así no tenía que enfrentarse con ella o con sus propios sentimientos, como le ocurría siempre que estaban juntos.

Más tarde, esa noche, cuando ya Adam estaba dormido en su cuarto, Ross y Diana estaban tumbados en la cama sin dirigirse la palabra, sin que ninguno de los dos quisiera mencionar sus problemas. En vez de eso, saboreaban con una exquisita y apasionada delectación la anticipación de hacer el amor. No tenían por qué darse prisa, tenían toda la noche por delante y, si tenían suerte, muchas más noches como ésa en el futuro.

La cama se inclinó un poco cuando Diana se acercó a la lámpara de la mesilla para apagarla y, antes de que pudiera hacerlo, Ross la atrapó y la atrajo hacia él, haciendo que se pusiera debajo de su cuerpo. Su boca estaba a sólo unos centímetros de la de ella.

–Sólo iba a apagar la luz –le dijo sin llegar a comprender del todo su maniobra.

Los ojos de Ross la miraron con pasión.

–Déjala. Quiero verte... quiero ver cada centímetro de ti.

Por alguna razón, ella se sentía muy vulnerable bajo esa intensa mirada, y tuvo el cobarde deseo de esconderse.

–Ross, siempre hemos apagado la luz –insistió, tratando de acercarse de nuevo a la mesilla.

–No sabía que tuviéramos ese desagradable hábito. No me gustaría que empezáramos ahora a considerar el sexo como algo que tengamos que ocultar.

Ella le sonrió y le miró a los ojos.

–Eso es algo que jamás se me ocurrirá pensar contigo.

–Y espero que con nadie más.

Ross terminó de colocarse encima de ella, dominándola con su musculoso cuerpo, de forma que no pudiera escapar. Por otra parte, a Diana tampoco se le iba a ocurrir hacerlo, estaba demasiado a gusto en esa posición, sintiendo todo el peso de ese cuerpo contra el de ella y el roce del rizado y negro vello del torso de Ross sobre sus pechos. Durante un largo rato, él se la quedó mirando a los ojos.

Después de besarla muy lentamente, le fue desabrochando los botones del camisón de seda, también tomándose su tiempo. Sus largos dedos se deslizaron por dentro para acariciarle los pezones hasta que los sintió excitados.

Ross estaba muy agradecido por el detalle que había tenido ella no poniéndose el viejo camisón rosa de la noche anterior y haber preferido ese otro que la envolvía como si fuera un halo de fuego y se pegaba a su cuerpo como una segunda y transparente piel. Con un toque experto, hizo que se deslizara por encima de los hombros de Diana, haciendo que le rozase eróticamente las partes más femeninas de su cuerpo para, inmediatamente después, arrojarlo de cualquier forma a los pies de la cama, donde estaban ya las sábanas que había apartado anteriormente.

Ninguno de los dos dijo nada durante todo ese largo momento. No hacía falta, se lo decían todo con los ojos, hablaban el lenguaje silencioso de los amantes. Por fin, Diana le pasó los brazos por la espalda, sintiendo cómo se le tensaban los músculos cuando Ross se apretó definitivamente contra su cuerpo desnudo y, en ese mismo momento, supo que era completamente suya.

Esa noche, él le hizo el amor una y otra vez como queriendo asegurarse de que la tenía allí, en su casa, en su cama. Tenía que estar completamente seguro de que ella estaba otra vez allí, de que era suya de nuevo. Tenía que hacer que todas sus dudas acerca de su futura felicidad se disiparan.

Diana le amaba sin esperanza, gloriosamente, incoherentemente, y él la llevó una y otra vez hasta las brillantes crestas del placer. Era suya y, algún día, pronto, él podría ser suyo tan completamente como ella era suya ahora... por lo menos, eso esperaba.

A pesar de ese apasionado encuentro físico, a pesar de sus silenciosas promesas de que podrían llegar a ser felices otra vez juntos, en los rincones más profundos de sus mentes, todavía no podían sentirse seguros el uno del otro.

Capítulo Ocho

Cuando Diana trató de explicarle a su madre las razones por las que había vuelto con Ross, Madeleine se puso furiosa.

–¡Querida! ¡Espero que te des cuenta de lo que me estás haciendo! –le dijo esa misma mañana.

Diana sospechó que iba a haber problemas desde el mismo momento en que oyó eso. Madeleine siempre empezaba así cuando quería criticar algo. Su madre podía hacer trizas fácilmente a cualquiera con su lengua viperina, manteniendo la más agradable de las sonrisas y haciendo honor a la fama de las señoras encopetadas del Sur, que podían ser completamente corrosivas, pero siempre muy educadamente. Aquél era su código personal de conducta y su excusa para meter las narices en los asuntos de los demás.

Todavía le daba vueltas en la cabeza la conversación con su madre,

–Siempre has sido un poco alocada en lo que se refiere a Ross. ¡No podía creérmelo cuando Hazel me dijo que ya llevabas viviendo con él tres semanas!

–Cuatro, mamá. Y resulta que es mi marido, así que puedo vivir con él, ¿no?

–Un error absurdo que corregiste hace tres años. ¿Por qué no insistiría en que te divorciaras? Tenía que haber sabido que podría pasar algo así. No tenía que haberme ido a Europa. ¿Es que no te das cuenta de que sois como la noche y el día? ¿O es que todavía eres tan inocente como para pensar que tenéis un mínimo de posibilidades de congeniar? Un matrimonio entre vosotros dos es algo peor incluso que lo que le ha pasado a mi adorable gatita de angora, Sylvie, con ese enorme gato negro de la esquina. ¡Lo único que tienen en común es que son gatos! ¿Por qué esos monstruosos gatos tienen que vivir siempre donde menos conviene? ¡Casi se la comen!

La imagen de la pobre y mordisqueada Sylvie no consoló en absoluto a Diana.

–¡La verdad, madre! Si eso te hace sentirte mejor, te diré que no me he encontrado ni una sola señal de mordiscos esta mañana.

–¡Tampoco hace falta tomárselo tan al pie de la letra! No quise decir que Ross te fuera a hacer daño físicamente. Es demasiado listo como para hacer eso. Quizás no debiera decir esto, pero es un sádico. Piensa un poco en cómo te obliga a vivir en esa casa horrible, tan lejos de la ciudad, cuando sabe perfectamente lo que odias estar sola en medio del bosque. Cuando sabe... que eso te da miedo. No se puede decir que sea un gesto muy amable por su parte. Es una crueldad deliberada. Y otra cosa que odio tener que decirte, la forma en que trata a Adam. El pobre niño no tiene la más mínima disciplina, y a Ross le preocupa tan poco que, cuando se marchó, seguro que se podía haber pasado días fuera antes de que le echara en falta.

Lo que no sabía Madeleine es que tocando ese tema se había metido con algo con lo que Diana estaba particularmente sensibilizada, y que estaba produciendo exactamente el efecto contrario de lo que pretendía. Parecía como si no fuera a dejar de hablar nunca.

–No quiero ser excesivamente crítica, pero tienes que admitir que Ross siempre ha sido bastante absurdo cuando se ha tratado de cualquier cosa relacionada con el dinero. ¿No te acuerdas de lo desagradable que se puso conmigo cuando te regalé la lavadora para que no tuvieras que ir a la ciudad con la ropa sucia? ¡Con lo lejos que vives! Sólo estaba tratando de ayudar, y nunca olvidaré lo desagradable que estuvo cuando traté de insistir en que se la quedaras. Me costó mucho devolverla y, ¿se preocupó por la situación en que me puso? Mira, me fastidia decir esto, pero ¡nunca ha tenido conmigo ni la más mínima consideración!

–Mamá, quizá Ross hubiera sido un poco más amable contigo si no te hubieras dedicado a decirle a todo el mundo que se había casado conmigo por el dinero, ¡Nunca te gustó porque no dejó que le manejaras!

En ese momento, Diana se sintió como si fuera niña otra vez y estuviera defendiéndose a sí misma y a su matrimonio ante su dominante madre.

–Sólo estaba tratando de...

–Madre... ¡Deja de meterte en mi vida!

–Ten por seguro que no he querido hacerlo nunca –balbuceó su madre.

Madeleine cambió de táctica en seguida y derramó un par de lágrimas de cocodrilo tratando de ablandarla; pero Diana sabía que su madre era como un general competente y que lo único que estaba haciendo era una retirada estratégica para ver si podía atacarla mejor por otro lado, ya que el primer asalto parecía que le había fallado.

Pero en realidad no falló, ya que cuando Madeleine colgó, Diana estaba sumida en una profunda depresión. Aquella media hora de conversación la había dejado muy mal. Todo lo que le había dicho Madeleine era demasiado cierto.

En el mes que llevaba viviendo con Ross, se había tenido que morder la lengua cientos de veces para no discutir más de lo estrictamente necesario. Si no lo hubiera hecho, habrían estado peleándose constantemente. Ross se había opuesto por completo a su proyecto de pedirle ayuda a su padre para abrir una sucursal de la tienda de decoración en Orange, y aquello era algo que ella deseaba desde hacía ya mucho tiempo.

Lo que quería Ross era financiarle él la aventura, pero eso haría que tuviera que ceñirse a un presupuesto más reducido de lo que a ella le hubiera gustado y, además, él no podría disponer del dinero hasta después de primeros de año. Pero no tuvo más remedio que aguantarse y esperar mientras tanto. En el intervalo, Diana se vio obligada a ir a Houston a menudo para resolver todos los asuntos que se había dejado pendientes allí. Lo que hacía normalmente era irse a trabajar todos los miércoles y pasar allí la noche, seguir trabajando el jueves por la mañana y volver a casa por la tarde.

Además, estaba la forma en que veían la educación de Adam. Ross quería que su hijo aprendiera a ser independiente. Quería que pasara todas las noches que pudiera de acampada con sus amigos, que fuera y volviera solo del colegio y que hiciera él solo los deberes, aunque eso supusiera que sacara peores notas. Adam ya estaba acostumbrado a hacer esas cosas. Mientras que Diana, poniendo como excusa que no había estado casi con Adam durante los últimos tres años, quería tenerle con ella en casa el mayor tiempo posible.

Siempre encontraba alguna razón por la cual tenía que acompañarle al colegio, en vez de dejar que fuera solo en su bicicleta, y para ayudarle a hacer sus deberes. Pensaba que ya tendría tiempo más tarde para cambiar y comportarse de otra forma con el niño y que, de esa forma, le sería más fácil aceptar que se volviera un joven independiente. Pero, por ahora, le parecía demasiado joven. Sabía que esa especie de guerra tenía que ser mucho más dura para Adam de lo que en realidad era para ellos, pero no podía evitar el pensar así.

Diana había estado tratando de mantener una fachada de calma en sus relaciones con Ross, pero tenía grandes temores respecto al futuro. Se preguntaba si Ross no estaría haciendo que pospusiera la apertura de su nuevo negocio para ver si las cosas iban mejor entre ellos. A lo mejor no quería que ella se estableciera permanentemente en Orange si no iban a poder estar juntos. Si todavía no estaba seguro de su futuro, ¿encontraría alguna otra excusa cuando terminara el año?

Pero, a pesar de todos esos problemas, estaba contenta de estar otra vez en casa. Orange no había cambiado casi nada durante su ausencia; la vida en una ciudad pequeña era bastante mejor que en un sitio grande como Houston. No había muchas cosas que hacer, pero las que había eran mucho más placenteras. Una de esas tardes, se había llevado a Adam a ver una exposición de Arte del Oeste en el

Museo Stark. Sin embargo, como todos los niños de su edad, él hubiera preferido un paseo al aire libre.

Frecuentemente Ross y ella se lo llevaban a pescar a sus parajes favoritos del río Sabine. Una vez, los tres habían recorrido en el bote de un amigo toda la marisma para observar la vida de los animales salvajes. Casi podía decir que cuando Diana más se divirtió fue cuando falló el motor y tuvieron que arrastrar la embarcación con los pies metidos en el fango. Pero simplemente estar en casa con el hombre al que amaba le parecía maravilloso.

La parte física de sus relaciones con Ross era maravillosa. Le encantaba estar entre sus brazos por la noche, sabiendo que Adam dormía en la habitación de al lado, disfrutando del placer de saber que formaban una verdadera familia otra vez. Era casi un éxtasis cuando Ross la besaba y ella le correspondía con toda su alma. Entonces, todas las diferencias que había entre ellos desaparecían y se hacían insignificantes, y ella sentía en lo más profundo de su corazón que todo iba a salirles bien.

Haciendo un verdadero esfuerzo, Diana apartó de sí todas las dudas que la conversación con su madre le había traído de nuevo a la cabeza.

–¡Maldición! –exclamó cuando se le cayó uno de los pendientes al suelo.

Se arrodilló para buscarlo, pero parecía como si la alfombra se lo hubiera tragado.

El ruido de los pasos de Ross también resultó apagado por la alfombra cuando entró en la habitación.

–Hola, querida, ya he vuelto.

Al ver que nadie le respondía, la buscó con la mirada por toda la habitación y, como estaba agachada, le costó algunos segundos descubrirla. Se quitó la chaqueta y la colgó de una percha.

–Hola –le respondió ella como ausente, abstraída en su búsqueda.

Ni siquiera le miró, demasiado preocupada por ponerse bien el pequeño pendiente de oro que había logrado rescatar de las garras de la alfombra.

Él se le acercó, observando la curiosa postura en que se había quedado Diana, pensando que ese trasero era algo sumamente invitador. Seguramente ella no se habría puesto en esa posición si no quisiera que él le pusiera las manos encima, pensó Ross sonriendo.

–Ya se ve que se ha terminado la segunda luna de miel –bromeó él–. Y sólo ha durado un mes.

–Lo siento, cariño –le contestó ella. Se dio cuenta de la expresión divertida de Ross y trató de sonreír–. Estaba buscando el pendiente cuando llegaste. Vamos a cenar con mamá esta noche... Es mejor pillarla fresca y relajada, recién llegada de Europa. Aunque también es cierto que habrá cargado las pilas lo suficiente como para tratar de meterse de nuevo en mi vida todo lo que pueda. La verdad es que estoy tan nerviosa como un gato.

Ross frunció el ceño nada más mencionarle a su madre.

–Entonces, me imagino que podrás arañarla perfectamente.

–No voy a intentar enfrentarme a ella, no le gustaría.

–Ya me lo imagino.

Ross se la quedó mirando con expresión pensativa. No le gustaba nada la falta de seguridad en sí misma que veía en su adorable rostro. Últimamente había visto demasiado a menudo las dudas que ella había tratado de esconder. Siempre se tomaba tremendamente en serio las cosas que intentaba hacer, pensó Ross irritado, incluida su reconciliación. Ése era uno de sus problemas, la forma en que Diana se empeñaba fieramente cuando algo se le metía entre ceja y ceja. Aquél era el resultado de la autodisciplina que le había imbuido Madeleine.

Los ojos de Ross la recorrieron el cuerpo de su esposa. Se había arreglado perfectamente para esa cita, pero conocía a Madeleine y sabía que encontraría algo que criticar. Diana llevaba puesto un vestido negro, y un hilo de perlas le rodeaba la garganta. Se había recogido la larga melena negra en un moño, un peinado que sabía que a él no le gustaba porque le daba un aspecto sofisticado y frío. Aunque aquél era el peinado favorito de Madeleine.

–Mamá estaba peor que nunca esta mañana –le confesó Diana tratando de que con eso Ross la comprendiera.

–Ya me imagino lo que dijo –le contestó Ross realmente impresionado por la habilidad que tenía su suegra para interferir en su matrimonio y solivantar a su mujer.

–Puede que no hubiera sido tan malo el asunto si no hubiese oído por boca de Hazel Eppelebiele que nos habíamos reconciliado. Mamá estaba furiosa por eso. Me dijo que Hazel se alegró cuando se dio cuenta de que ella no sabía nada todavía.

–El enfado de Madeleine no tiene nada que ver con Hazel –dijo Ross acalorado–. Lo que le molesta es que estemos otra vez juntos.

Los movimientos de Ross se hicieron salvajes de repente. Tiró la chaqueta sobre la cama y se desabrochó violentamente la camisa, dejando ver una porción de su musculoso pecho.

Diana se le quedó mirando durante un largo rato, en silencio, completamente de acuerdo con su disgusto y sintiéndose culpable por crearle problemas cuando debía de estar agotado por un día de trabajo.

—Ross...

La expresión de Ross se suavizó cuando la vio acercarse a él con ese voluptuoso cuerpo que tenía. Lentamente, ella le desabrochó el último botón de la camisa con un gesto de cariño. Él se dio cuenta de la mezcla de comprensión y compasión que contenían sus implorantes ojos azules, así como de los primeros indicios de pasión que se estaban adivinando ya en el comportamiento de ambos. Entonces, ella le deslizó la camisa sobre sus poderosos hombros, rozándole con las manos la cálida piel. Él la miraba mientras con una intensidad abrasadora.

—No... no te he dado un beso cuando has llegado —murmuró Diana suavemente, poniéndose de puntillas aunque él ya se había inclinado para besarla.

Ella deseaba desesperadamente que todas las dudas que su madre había fomentado deliberadamente acerca de los supuestos motivos reales de su matrimonio se disiparan completamente.

—Ya lo sé...

Sus labios se unieron con un fuego abrasador, como si una ola incandescente surgiera del punto donde los labios de Ross tocaban los suyos. Él le pasó delicadamente los brazos por la cintura y la apretó contra su cuerpo con un suspiro. A Diana le pareció como si se mezclara con él, y Ross sintió un fiero rugido en sus oídos, como el de las olas del océano cuando rompen contra un acantilado.

La pasión también hizo que ella se olvidara de todo lo demás. Ese beso había disuelto todas las ansiedades y frustraciones que se habían apoderado de ella unos minutos antes. Por el momento, el hecho de enfrentarse con Madeleine y lo desagradable que podía llegar a ser la situación estaba olvidado. También estaban olvidadas todas sus dudas acerca de Ross y del futuro, además del extraño pavor que la había asaltado esa tarde inexplicablemente.

Después de hablar con su madre, Diana había salido fuera, esperando que trabajar un poco en el jardín la ayudara a calmar sus frágiles nervios. Se había entretenido arreglando los setos, haciendo tiempo hasta que fuera la hora de ir a recoger a Adam.

Entonces, un extraño viento comenzó a soplar por entre los árboles. Le había parecido que, a pesar de que estaban en plena luz del día, los cipreses se habían vuelto oscuros como la noche y, como en una pesadilla, los ruidos del bosque se habían transformado en algo monstruoso.

Durante el breve instante que tardó en meterse corriendo en la casa y cerrar todas las puertas, Diana se vio sumergida en los extraños sueños que la habían atosigado cuando era pequeña, y en esos semiolvidados sentimientos que le eran tan familiares. Se había sentido terriblemente sola y abandonada, como lo había estado después de perder a Tami, y sólo cuando fue a recoger a Adam se le pasaron un poco esas horribles sensaciones. ¿Es que había sido su madre la causante de su reacción en el bosquecillo?

Más tarde se preguntó si, inconscientemente, sus sentimientos acerca de Tami no habrían aflorado de una forma nueva y desorientadora; se propuso que, si le volvía a suceder algo así, trataría de no salir corriendo. Pero en lo más profundo de su ser se rió al pensar en que eso fuera a suceder como ella imaginara. Era muy fácil pensar que iba a ser valiente cuando el peligro ya había pasado.

La sensación de los labios de Ross apretando firmemente los suyos la transportó de nuevo al presente. Se sentía tremendamente a salvo cuando él la tenía entre sus brazos.

Notó cómo le pasaba la mano por el cabello. Una lluvia de horquillas negras cayó sobre la alfombra y la negra cabellera se deslizó como una cascada por entre sus dedos.

—Ross —murmuró tratando de protestar–, este peinado me ha costado más de media hora.

—Entonces, no pierdas el tiempo volviéndotelo a hacer, querida. Sobre todo, cuando sabes que me gusta mucho más de esta forma.

Diana estaba esperando oír de un momento a otro cómo se rompía o se bajaba la cremallera de su elegante traje negro, así que, cuando se produjo, no fue ninguna sorpresa. Él la arrastró al suelo, encima de la alfombra.

—Ross...

—Sí, ya sé que has tardado mucho en vestirte... –le contestó él distraídamente mientras su lengua exploraba el interior de una de sus orejas de una forma tan experta, que Diana no era en esos momentos más que una temblorosa masa de deseo.

—No. Lo que pasa es que necesitamos una toalla...

–¿Qué?

–Que necesitamos...

De repente, la risa de Ross inundó la habitación. Cuando terminó, pudo hablar a duras penas, entre nuevos accesos de risa.

–¡Por Dios, Diana! Esto que acabas de decir podría ser mortal para cualquier otro que no te conociera tan bien como te conozco yo. Esto puede hundir a cualquiera.

–Oye, lo siento. No pensé que...

–Creo que es mejor que te ayude a ponerte en pie.

–No hagamos el tonto; mira, yo ya estoy en el suelo y no me vas a hacer que me levante ahora. Puedo darte una segunda oportunidad para ver si eres capaz de animarte.

–Mira que eres... –murmuró él antes de que sus labios se volvieran a unir con los de Diana en un beso que decía claramente la profunda necesidad mutua que estaba creciendo entre ellos y que iban a tener que satisfacer con la mayor urgencia.

Cuando Diana salió del baño, se sentía tan bien que no le importaba lo más mínimo si llegaban tarde a la cita con su madre esa noche. Sonriendo, vio el traje negro tirado en el suelo, en el mismo lugar donde habían hecho el amor, y esperó que no estuviera demasiado arrugado como para ponérselo. Ross ya se había duchado y vestido y había ido a ver si Adam ya estaba listo.

Cuando vio lo tarde que era en el despertador de Ross, recogió corriendo el vestido, se lo puso, buscó los pendientes y se cepilló el pelo. Cuando puso fin a su arreglo poniéndose el collar, miró el reloj y vio que sólo había tardado cinco minutos. Llegarían justo a tiempo si se daban prisa, pensó.

Se sentía como una quinceañera enamorada y llevaba ya años casada con el mismo hombre de quien lo estaba. No parecía la misma de unos minutos antes de que Ross le hiciera el amor. Todo el aire sofisticado y perfecto que había intentado adquirir durante casi toda la tarde se había esfumado, y sólo quedaba la imagen de lo que era en realidad: una muchacha inocente y con problemas que se había arreglado y maquillado demasiado deprisa y se le notaba. Cuando bajó las escaleras, pudo oír que Ross y Adam ya la estaban esperando.

Cuando llegó a la planta baja, se preparó para hacerles algún saludo gracioso. Pero las palabras se le quedaron en la garganta y la sonrisa se le heló en los labios cuando comprendió el sentido de la conspiración que estaban fraguando Ross y Adam. La entusiasta voz de este último se había elevado un momento lo suficiente como para que le llegara a los oídos. Los dedos de Diana se agarraron con fuerza a la barandilla cuando oyó lo que dijo Ross en voz baja.

–No hables tan alto, hijo. No quiero que tu madre se preocupe todavía por eso.

Las mejillas de Diana palidecieron y un escalofrío le recorrió el cuerpo. Después, la furia se fue apoderando de ella y apagó la luz para que no se dieran cuenta de que estaba allí.

Más de una vez, padre e hijo se habían aliado en contra de ella, haciendo planes sin consultárselos durante los dos días semanales que Diana pasaba en

Houston. Una vez que Ross le daba permiso a Adam para algo, raramente se le podía persuadir de que no lo hiciese, aunque intentara hacerle cambiar de opinión con todas sus fuerzas.

–¿Quieres decir que me vas a dejar tu saco de dormir y todo tu equipo para la excursión en canoa de este fin de semana?

–Siempre que me prometas que vas a tener cuidado con él y me lo vas a devolver tal y como yo te lo haya dado.

–¿Y qué pasa con mamá?

–Déjame a mí a tu madre.

¡Eso último era demasiado! Diana se sintió como si fuera a explotar cuando bajó los escalones que le quedaban. La palidez de su rostro y los labios apretados le indicaron rápidamente a Ross que había oído lo suficiente de su conversación como para poderse imaginar el resto.

–¿Qué excursión en canoa? –les preguntó.

–Este fin de semana, los Scouts... –empezó Ross antes de que ella le cortara.

–¡Este fin de semana! Quieres decir el viernes, ¿no? ¿Dentro de tres días?

–Exactamente –admitió Ross–, el grupo de Adam ha planeado una acampada y una excursión en canoa para el viernes y el sábado con sus respectivas noches. Creo que puede ser una gran experiencia para él.

–¿Vas a ir tú?

–No, pero sí otros dos padres y el monitor.

Ross se levantó lentamente del sillón donde estaba sentado y se enfrentó a Diana. Ella vio en sus ojos una expresión de amabilidad y compasión.

–Me hubiera gustado hablar de esto contigo.

–Obviamente –le interrumpió ella sarcásticamente.

–Pero estas discusiones han sido siempre un fracaso porque hemos topado con tu irracional miedo y hostilidad, así que siempre he tratado de evitarlas.

En algún lugar de la mente de Diana, se encendió una luz de alarma que le decía que ella no había sido la única en tratar de evitar las discusiones durante el mes que acababa de pasar, pero estaba demasiado furiosa como para pensar lógicamente, demasiado obsesionada con la supuesta razón de su punto de vista como para considerar en serio algo así.

–¿Es que me vas a culpar por tener miedo de que algo suceda? Tami...

–A ti te ha pasado siempre lo mismo, incluso desde antes de que muriera Tami, y nunca he llegado a entender la razón –continuó él–. Los niños no son como las plantas de esas macetas. Han de tener ciertas libertades y experiencias para desarrollarse normalmente. ¡No puedes dedicarte a vigilar cada uno de sus movimientos sin arriesgarte a hacerles más mal que bien!

–¡Ésa es tu opinión!

–Pues sí –le contestó él fríamente–, y Adam es mi hijo, así que se va a ir a esa excursión en canoa te guste o no.

–¡Fin de la discusión!, ¿no?

Rara vez se había atrevido él a echarle en cara que Adam fuera su hijo, biológicamente hablando, pero siempre que lo hacía, conseguía herirla.

Dirigió su atención hacia Adam, paralizado en el sofá, pálido mientras escuchaba cómo se peleaban sus padres por su causa. Eso le trajo a la memoria lo terriblemente mal que se sentía ella cuando era pequeña y se encontraba en esa misma situación. Se dio cuenta de que eso tenía que ser mucho peor para Adam a causa de su reciente separación. Haciendo un esfuerzo, trató de calmarse.

–Diana, daría cualquier cosa porque nos pusiéramos de acuerdo en esto –dijo Ross tratando de apaciguar las cosas, pero Diana sabía que lo que había querido decir en realidad era que daría cualquier cosa porque ella se pusiera de acuerdo con él.

Diana no reaccionó cuando los brazos de su marido la rodearon. Los labios de Ross le rozaron la frente con un leve beso.

–Me gustaría poder hacer o decir algo que hiciera que te calmases. Adam estará bien. Tiene que aprender a valerse por sí mismo. Por favor, trata de comprenderlo.

No le culpaba por pensar que ella era idiota y ridícula. Él era tan fuerte que Diana se preguntaba si semejante hombre podría conocer el significado de la palabra «miedo». Estaba tratando de comprenderle, pero no podía, sus miedos infantiles no la dejaban.

–Hay algo, Ross, que puede tranquilizarme un poco –le pudo decir por fin, ya más tranquila.

–¿Qué? –le preguntó él mientras le daba un suave masaje con los dedos en la base del cuello.

–Por favor... no planeéis estas cosas a mis espaldas. Me pongo mucho más nerviosa si pienso que estáis preparando algo como esto. Tengo que saberlo... –se interrumpió dejando caer la cabeza sobre el pecho de su marido.

–De acuerdo –admitió él–, reconozco que no me he portado bien.

Ross la estuvo sujetando durante un largo rato, pero ese estado glorioso en que se había quedado Diana después de haber hecho el amor ya había desaparecido y estaba mucho más preocupada que nunca por los graves problemas que había entre ellos. Se preguntó, no por primera vez, si dos personas tan diferentes como ellos podrían llegar a congeniar satisfactoriamente alguna vez.

Capítulo Nueve

Cuando Madeleine les abrió la puerta, lo hizo con una sonrisa tan exagerada y brillante que parecía como si se la hubiera pintado allí cuando se maquilló el resto de la cara. Diana notó como si se encogiera interiormente cuando la mirada de su madre se posó en ella. Dio gracias al cielo cuando se desvió hacia Adam.

Como le pasaba siempre cuando volvía a ver a su madre después de un cierto tiempo, Diana estaba un poco confusa por no encontrarse con que Madeleine era un enorme gigante. Por teléfono tenía la personalidad autoritaria de alguien mucho más grande de lo que ella era en realidad. En silencio, Diana se preguntaba también cómo era posible que esa mujer tan pequeña pudiera haber representado una fuerza tan poderosa en su vida. Pero a pesar de su falta de tamaño, su madre tenía el carácter del comandante de un barco de guerra, lo que en su caso, era bastante dramático porque no tenía ningún acorazado que mandar.

Madeleine llevaba un vestido de seda azul pálido que le hacía juego con el color de los ojos y mantenía su figura y prominentes pechos tan perfectamente como el mismo día de su boda, algo que siempre se preocupaba de restregarle por las narices a Hazel Eppelebiele cuando ella empezaba a hablarle de sus cuatro hijos y quería fastidiarla. Para mantenerse tan bien, Madeleine se sometió a las más draconianas dietas, duros ejercicios, y se pasaba cuatro semanas al año en una clínica especializada. Era una mujer con mucha energía y se metía en todo lo que podía, desde obras de caridad hasta en la vida de su hija, con una dedicación absoluta y encomiable.

—Adam, puedes ir ya a la habitación de los juguetes —dijo Madeleine utilizando el mismo tono que hubiera usado para confirmar una cita de negocios o una reunión del comité de caridad que presidía—. Lou ha puesto todo lo que te ha traído de Europa en la cesta de los juguetes.

La cara de Adam se iluminó enseguida. Su abuela siempre estaba tratando de mantener su cariño haciéndole maravillosos regalos, frecuentemente cosas que sus padres nunca le hubieran dejado tener. Recordó que tenía que contenerse y dijo muy educadamente:

—Gracias, abuela.

Madeleine le miró benignamente, y le dirigió una sonrisa. Adam empezó a andar lentamente, pero se puso a correr cuando dio la vuelta a la esquina y pensó que ya estaba fuera de la vista de su abuela.

Pero Madeleine, que tenía el oído muy fino, oyó cómo las rápidas pisadas atravesaban el pasillo recién encerado.

—No corras dentro de la casa, Adam.

Pero para entonces él ya estaba a salvo y tenía toda la intención de hacer exactamente lo que le diera la gana.

Sin tener ya a Adam por escudo, Diana se sintió

completamente expuesta a la mirada crítica de su madre, que había vuelto a posarse en su pelo suelto. Desafiante, echó la cabeza para atrás y le dio el brazo a Ross.

—Ross, Richard está en la biblioteca.

Ross sonrió a su suegra, pero tan levemente que casi no cambió su expresión. No se le había pasado por alto que Madeleine ni siquiera le había saludado, así que ignoró deliberadamente la velada orden de que se fuera de allí.

—A mí también me gustaría ver a papá —dijo Diana sin levantar demasiado la voz, temiendo que sonara demasiado alta en esa casa. Aquello era algo que le pasaba desde que era pequeña.

—Por supuesto, querida, pero si no te importa, ven dentro de un rato a la cocina. Patricia y yo necesitamos un poco de ayuda.

Madeleine les precedió por la casa que tantos recuerdos infantiles le traía a Diana. Las habitaciones estaban llenas de antigüedades y hermosas obras de arte. Aquél era uno de los mayores vicios de Madeleine, vicio en el que no se reprimía ni lo más mínimo.

Pero a pesar de toda la belleza que encerraba, Diana trataba siempre de pasar el menor tiempo posible en la casa de su madre. Quizás eso fuera debido a que cada detalle de esa casa hubiera sido especialmente seleccionado para intimidar. La casa tenía el mismo aspecto que un museo y olía incluso igual. Diana suspiró involuntariamente y pensó en que, una vez, ése había sido su hogar. Ahora se daba cuenta de lo incómoda que había estado siempre allí. Lo más probable es que se hubiera dedicado a la decoración a causa de una profunda necesidad de arreglar casas en las que la gente quisiera vivir y disfrutar.

–No sabía que la tía Patricia estuviera aquí –dijo Diana tratando de romper el silencio.

Patricia, la hermana menor de Madeleine, era pediatra y vivía en Denver.

–¿No sabes que se vino a Europa con nosotros? Bueno, es que Richard la convenció por fin para que le vendiera unas propiedades que tenía cerca de su oficina y ella se vino a casa para terminar de negociar la venta.

Entraron en la biblioteca y el padre de Diana les saludó a ambos afectuosamente, dándole la mano a Ross y estrechando a Diana entre sus brazos. Era solamente un poco más alto que Madeleine cuando ella llevaba tacones, pero Richard era un gordito que se encontraba demasiado a gusto consigo mismo como para seguir una dieta tan rigurosamente como le hubiera gustado a Madeleine que hiciera, a pesar de que, en ocasiones, demostrara una enorme fuerza de voluntad y se refrenara a la hora de servirse un segundo plato de su tarta de queso favorita.

Pero Madeleine le adoraba a pesar de sus defectos y falta de disciplina, probablemente le gustaba aún más precisamente por eso. Madeleine era suave y cariñosa solamente con él. El suyo había sido un amor difícil y la pasión entre ellos se había profundizado con el paso de los años.

Madeleine les dejó para ver cómo iba la cena. Diana se quedó con los hombres tanto tiempo como le fue posible, pero al cabo de un cuarto de hora escaso se excusó recordando que le había prometido a su madre que iría a ayudarla en la cocina.

Cuando Diana entró en la cocina, Patricia, desafortunadamente, no estaba allí. Se había marchado al estudio para atender una llamada telefónica privada del que era en ese momento el hombre de su vida. Mientras trabajaban juntas el ambiente entre madre e hija era tenso.

–Espero que no te importe que te diga esto, Diana –empezó Madeleine con su estilo empalagoso, el mismo que tanto fastidiaba a Diana–, pero ¿no crees que estarías mucho mejor con el pelo recogido en vez de con esa melena que te hace parecer como una de esas hippys?

Diana dejó la ensaladera de cristal en la mesa con un golpe seco.

–A Ross le gusta así, madre.

–¿Es ésa la razón por la que tienes tan mala cara? Si quieres que te lo diga. ¡No pareces feliz!

–Yo no te he preguntado nada a ti, madre.

Las puertas se abrieron de golpe, como si fuera a entrar una bocanada de aire fresco en la habitación.

–¡Diana!

La voz de Patricia seguía siendo la misma de siempre a pesar de los años que habían pasado desde que Diana la oyó por última vez. A diferencia de su hermana, Madeleine, que hacía todo lo posible por ocultarlo, Patricia conservaba aún su acento del norte de Texas. Irrumpió en la cocina con su acostumbrado ímpetu sin preocuparle lo más mínimo el haber interrumpido la incómoda charla que tenían madre e hija. Sylvie, la gata, maulló al oír las voces, ya que en esa casa se acostumbraba a hablar en murmullos.

Madeleine levantó irritada la vista de la salsa holandesa que estaba preparando y se quedó mirando a su hermana con la misma expresión en los ojos con la que le miraba su gata, Sylvie, que también se había quedado escuchando a Patricia.

Ésta, como siempre hacía, parecía no darse cuenta del ambiente que había allí. En primer lugar, no le gustaban los gatos desde que, cuando era una niña, uno le arañó cuando fue a acariciarlo. Y, en segundo lugar, disfrutaba ejerciendo su rol de hermana pequeña y rebelde, a pesar de que ya había pasado de los cincuenta. Por otra parte, sabía desde hacía tiempo que Madeleine tenía reglas para todo, y ella había decidido ignorarlas a todas. Hacía exactamente lo que le apetecía cuando estaba en su compañía o en la de cualquier otra persona.

Patricia era como una copia al carbón o mejor, como una copia en rubio de su hermana mayor en lo referente al físico y tenía la misma considerable cantidad de energía, pero ahí terminaba todo el parecido. Patricia era un espíritu libre. Espontánea, heterodoxa, completamente impredecible y absolutamente exasperante para su hermana Madeleine. Pero, como sucede a menudo entre dos caracteres tan opuestos, se adoraban, y se toleraban y comprendían de la misma manera. En realidad, y aunque ninguna de ellas lo admitiría jamás por nada del mundo, evitaban chocar en las cuestiones básicas que podrían estropear su relación.

–Creo que es maravilloso que Ross y tú os hayáis vuelto a juntar. ¡Absolutamente maravilloso!

Una cuchara empezó a batir furiosamente el contenido de la cazuela donde se estaba preparando la salsa.

–Gracias, tía Patricia. Yo también estoy muy contenta –le contestó Diana con la cara iluminada por una hermosa sonrisa.

–Nunca pude llegar a entender la causa de que os separarais, pero ahora eso ya es pasado... Si me hubiera encontrado con alguien como él, yo... hace años... ¿Quién sabe? Pudiera ser que me hubiera casado y que ahora estuviera cuidando a mis nietos y llevando esa vida monótona y respetable que Madeleine se muere porque lleve yo y que ella ha disfrutado durante todos estos años.

Madeleine le obsequió con una mirada asesina que Patricia simuló no ver porque había tocado uno de los puntos candentes entre ellas.

A pesar de que Patricia había preferido quedarse soltera, no se había privado ni de los hombres ni del amor. Tenía detrás suya una larga lista de admiradores con los que había mantenido relaciones. Generalmente eran hombres lo suficientemente fascinantes como para hacer una buena pareja con ella, pero ésa era una forma de vida que Madeleine siempre había desaprobado. Una vez, hacía ya años, cuando Madeleine le había expresado su objeción a que siguiera manteniendo relaciones con un magnate argentino con el que se había estado viendo bastante a menudo, Patricia le había respondido con su habitual desenfado:

–Entonces, lo que voy a hacer es no casarme con él, Madeleine. Ya me lo ha pedido, ¿sabes...?, y lo estaba pensando, pero nunca me atrevería a meter a un hombre en la familia si a ti no te gusta. Así que, simplemente, vamos a seguir viéndonos...

Y Patricia siguió «viéndose simplemente» durante veinte años con él y con todos los hombres que le apeteció, y cada vez que Madeleine le echaba en cara el que viviera así y no se casara y tuviera una vida respetable, ella le contestaba que, como el único hombre con el que le había apetecido de verdad casarse era Rafael, el argentino, y no le había gustado a ella, no tenía por qué quejarse. Esa respuesta era una cruz en la vida de Madeleine, como si fuera ella, la persona a la que más le gustaría que su hermana sentara la cabeza, la causante de que no la sentara ni de broma.

El ambiente se estaba poniendo cada vez más tenso en la cocina.

–Tú ya sabes, querida –continuó explicándole Patricia a Diana–, que Ross siempre me ha gustado mucho.

–¡Patricia! –le cortó Madeleine mientras con la cuchara golpeaba furiosamente el cazo–. Tú no sabes cómo es realmente Ross, si no, no dirías eso. Fue él con sus maniobras el que echó de casa a Diana.

–Nuestra separación fue por mi culpa, no por la de Ross, mamá, ya te lo he dicho muchas veces.

–Sin ninguna otra explicación, tengo que añadir.

–Es que se trata de un asunto privado –le contestó Diana lo más tranquilamente que pudo.

Lo que le había pasado esa tarde en el bosque le había recordado demasiado bien lo que había motivado la ruptura entre Ross y ella.

–Estás tratando de protegerle cuando dices eso. Siempre he sabido que él te hizo algo tan terrible que no eres capaz de confiárselo a nadie.

–No es eso –comenzó Diana–, pero lo que no voy a hacer es contarte todo lo que pase en mi matrimonio... o contarte todo lo que me pase a mí. Ya no soy una niña y no puedo ir corriendo a contarle todos mis problemas a mamá.

Patricia no pudo contenerse más tiempo. Necesitaba hablar desesperadamente.

—Madeleine, como médico, siempre suelo advertir a los padres de mis pacientes que no traten de forzar las confidencias, que eso sólo las hace más difíciles de obtener.

—Odio tener que decir esto, Patricia —Madeleine volvió a utilizar ese tono dulzón tan suyo y que era como una advertencia para aquéllos que la conocían—, pero eres pediatra, no psiquiatra.

—No hace falta ser psiquiatra para conocer a los metomentodos cuando los veo, Madeleine, y ahora estoy viendo a una.

—¡Ooooh!

Madeleine dio un profundo suspiro, incapaz de hacer ya cualquier otra cosa y, por supuesto, de contestar a su hermana. Al cabo de un momento, cuando pudo recobrarse, atacó de nuevo.

—Tendrías que ser madre para darte cuenta de cómo se puede llegar a sentir una, cómo me puede sentar que Diana vuelva con ese hombre. Yo quiero que ella sea feliz y, ¡con él no lo va a lograr en la vida! Si tú tuvieras una hija, lo entenderías. Pero nunca la has tenido... y yo sí.

Madeleine se paró inmediatamente y se quedó como atontada. El color había desaparecido de su rostro y, por un momento, Diana pensó que se iba a desmayar. Nunca antes había visto una expresión como ésa en el rostro de su madre.

A Diana también le preocupó que Patricia se hubiera quedado tan callada como su hermana mayor.

Parecía como si hubiera algún secreto entre ellas, algo que era terriblemente importante. Extrañamente, ninguna de las dos tuvo el coraje suficiente como para mirar a Diana. Por primera vez en su vida, vio el miedo reflejado en el rostro de su madre, una grieta en su habitual armadura emocional. Durante un momento le pareció muy frágil y débil, y Diana se sintió como si tuviera la obligación de protegerla.

La expresión de Patricia era también muy extraña y, durante un brevísimo instante, Diana vio una profunda e inexplicable compasión en ella. Entonces, ese extraño momento pasó y las dos hermanas se pusieron a hablar sin parar, como queriendo cubrir ese lapso. Pero, estaba allí, y fue como un molesto invitado durante el tiempo que duró la velada.

Para alivio de Diana, nadie sacó a relucir de nuevo el tema de su reconciliación con Ross, pero estuvo el resto de la tarde preocupada por la escena que se había producido entre las dos hermanas. Volvió a tener la impresión de que tenían algo guardado desde hacía mucho tiempo, tanto que casi lo habían olvidado ellas mismas, y que había vuelto a surgir esa tarde.

En una de las ocasiones en que Diana entró inesperadamente en la cocina, le llegó una sola frase de la conversación que estaban manteniendo dentro su madre y su tía.

–Tenías que habérselo dicho hace años, Madeleine...

Cuando la vieron, las dos mujeres guardaron un embarazoso silencio, y Diana tuvo la incómoda sensación de que estaban hablando de ella.

De todas formas, estaba demasiado preocupada

con sus pensamientos como para prestar atención a cosas como ésa. No había podido quitarse de la cabeza durante toda la tarde a Ross y a Adam. Cada vez estaba menos segura de que pudiera congeniar con ellos y adaptarse a su vida con éxito. Habían estado viviendo sin ella durante tres años y parecía haberles ido bien. Incluso, desde la última discusión con Ross, le daba la impresión de que ambos veían sus viajes a Houston como una especie de vacaciones. No le gustaba la idea de estar fastidiando a las dos personas que más quería en el mundo.

Pero ¿qué le estaba pasando? ¿Es que iba a ser como su propia madre y no iba a ser capaz de darle la suficiente libertad a su hijo como para que se desarrollara normalmente?

Esa noche, cuando Ross y ella ya estaban en la cama y él la tomó entre sus brazos, se pusieron a hablar.

—Has estado demasiado silenciosa toda la tarde.

—Lo siento.

—¿Estás todavía preocupada porque Adam se vaya de camping?

—Supongo que eso tiene algo que ver —admitió ella con un cierto timbre de miedo en la voz.

—Bueno, a lo mejor he metido la pata al darle permiso sin contar contigo antes. Tendré que encontrar una excusa para que se quede en casa... por esta vez. No va a estar muy de acuerdo, pero... —le dijo mientras le revolvía el pelo como se hace con los niños cuando se les quiere consolar.

—¡No!

—¿Qué?

—¿Es que no ves que si haces eso voy a ser para él como un monstruo? Cualquier razón que le des no

132

va a tener importancia, siempre sabrá la auténtica... que yo no quiero que vaya.

Ross le levantó la cabeza con uno de sus poderosos dedos, obligándola a mirarle. La miró fijamente a los ojos, tanto que su corazón latió mucho más rápidamente cuando vio la amable expresión que adornaba su rostro.

–Tú nunca le parecerás un monstruo –le dijo suavemente–. Adam entiende perfectamente cómo te sientes. Pero tienes razón... de todas formas, le fastidiaría mucho no ir.

El dedo que mantenía debajo de su barbilla se movió y, recorriéndole toda la cara muy delicadamente, acabó trazándole los límites de la boca para detenerse después justo delante de sus ya entreabiertos y receptivos labios. Eróticamente, Diana acogió ese dedo en el interior de la boca y le rodeó con los dientes y la lengua.

–No quiero que pase eso –le dijo casi sin respiración–. Lo que quiero es que sea feliz.

Él continuó moviéndole el dedo por el interior de la boca. De repente, a Diana se le hizo muy difícil el respirar. Había algo tremendamente erótico en lo que Ross le estaba haciendo, algo que le estaba excitando todos los sentidos, en especial desde que su mirada la estaba estudiando atentamente, absorbiendo cada detalle de los delicados movimientos que estaba haciendo con la boca alrededor de su dedo.

Quitó la mano muy lentamente, sin ganas.

–Y yo todo lo que quiero es que tú seas feliz –le contestó Ross con un tono de voz profundo y cargado de amor.

–Soy feliz, Ross...

No pudo seguir hablando porque Ross silenció sus palabras con un tierno beso.

Diana quería desesperadamente ser feliz, pero, de repente, ese deseo tan simple le pareció tremendamente frustrante y evasivo. Casi estaba contenta con que al día siguiente fuera jueves y tuviera que marcharse a Houston. De pronto, tuvo miedo, más miedo del que había tenido en toda su vida; estaba segura de que iba a perder a Ross y a Adam, tan segura como que ya les había perdido una vez hacía tres años.

Como si se tratara del último deseo de un condenado a muerte, Diana deseaba a Ross esa noche más que nunca. Se entregó a él con un abandono total y sus besos llegaron a ser hasta brutales, más ardientes y profundos de lo que habían sido nunca, mientras que Ross le acariciaba el cuerpo con una ansiedad salvaje, producto del calor de una pasión que les consumía.

Ross la tomó, la amó con una pasión poderosa. En ese último instante, se vio poseído por algunos sentimientos de una intensidad incomprensible, por su enorme amor hacia ella, amor que estaba por encima de cualquiera de sus experiencias pasadas.

Cuando su respiración se tranquilizó y Diana supo que ya estaba dormido, se dejó llevar por todos los encontrados sentimientos que la invadían y se arrebujó contra su cuerpo formando una bola, mientras que las lágrimas le inundaban los ojos y le corrían cálidas por las mejillas. Ese acto sexual que acababan de realizar era, a la vez que de amor, como un tesoro, como el más precioso de los tesoros porque su tiempo con él se estaba terminando.

Le podía perder... irrevocablemente... porque no se sentía capaz de cambiar esa parte de sí misma que les estaba separando.

Sólo era una cuestión de tiempo.

Capítulo Diez

El bosque parecía más oscuro de lo normal, pensó Diana; los árboles formaban una impenetrable hilera de gigantes oscuros. Reprimió la tentación de gritar el nombre de su hijo y de ponerse a rezar en voz alta la oración que le vino a los labios, pero no pudo librarse de la visión de Adam perdido en el bosque.

Ya le había sido muy difícil despedirse de él aquella tarde, cuando se había reunido con todos esos amigos suyos, vestidos de uniforme, y había metido sus cosas de camping dentro de una de las canoas que les estaban esperando. Adam estaba muy contento y ella, irracionalmente, atemorizada.

El comedor estaba alumbrado con velas y, la mesa, preparada románticamente para dos. Esa mañana, cuando Ross la besó antes de irse al trabajo, le había sugerido que ese fin de semana fuera para ellos dos solos, como una especie de luna de miel. Así que había tratado de pensar sólo en preparar los platos preferidos de Ross, pero cuando terminó con todo, una terrible angustia se apoderó de ella.

Cuando se puso a arreglar la habitación, su alta y fina figura era muy agradable, sus gestos eran exquisitamente femeninos y todo lo que la rodeaba se transformaba en hermoso porque ella era hermosa. No llevaba sujetador debajo de la camisa verde esmeralda muy holgada de la que los tres primeros botones estaban provocativamente desabrochados; un cordón dorado le rodeaba la cintura, destacando la esbeltez de la misma y las curvas de sus caderas.

Deseaba mucho agradar a Ross, pero a pesar de sus esfuerzos para permanecer tranquila, estaba muy tensa a causa de Adam. Sabía que a Ross no le gustaba nada la manía que tenía ella de ser excesivamente protectora con Adam. Pero Adam estaba allí fuera, solo en el bosque.

Lanzó una mirada furtiva hacia la ventana, pero la retiró inmediatamente cuando oyó entrar a Ross en la habitación. Los ojos le brillaban con admiración mientras exploraba intensamente su rostro para tratar de averiguar sus emociones. Diana luchó contra el deseo de arrojarse a sus brazos y confiarle sus temores porque sabía que eso solamente iba a lograr enfadarle.

Él quería que pensara sólo en él y que no se preocupara por Adam. Pero ella nunca había logrado ocultarle sus sentimientos. Ross apretó los labios cuando se dio cuenta del miedo que tenía Diana y se imaginó la razón, pero su mirada pasó inmediatamente a la blusa y a los prominentes pechos que había debajo, despertando su interés masculino y haciendo que se olvidara por el momento de todo lo demás.

Esa simple mirada hizo que Diana se sintiera envuelta en un verdadero calor físico, y una terriblemente placentera excitación la recorrió el cuerpo.

Ross entró en el salón y, acercándose a ella, la abrazó. A Diana le brillaban los ojos cuando levantó la cabeza y le miró, pero él no se creyó esa mueca de felicidad que no lograba disimular la ansiedad que sentía por Adam. Dejando que su deseo le guiara, Ross luchó contra sus propios sentimientos; pensó que era mejor no tratar de comprender los sentimientos de Diana respecto a Adam.

Con una amabilidad sorprendente, Ross le puso las manos a los lados de la cara.

–Estás muy guapa esta noche.

Su profunda voz era como una caricia que la recorría todo el cuerpo. Él le apartó un mechón de cabello y la besó apasionadamente. Sabía cómo besar a una mujer y hacer que se sintiera femenina. Su cálido aliento le rozaba la piel; sabía que tenía toda la noche y que, durante todo ese tiempo, ella iba a ser suya. El deseo le alteraba la sangre a Diana y todo junto hizo que se abandonara aún más entre sus brazos.

–No lo hagas –le suplicó a Ross cuando él apartó la boca de su piel y empezó a desabrocharle los botones de la camisa, de forma que sus manos se pudieran deslizar dentro para abarcar la blanda redondez de sus pechos.

–¿Y por qué no? –preguntó él mientras terminaba su labor y le retiraba la camisa–. Tú quieres que lo haga tanto como yo.

–Yo... yo pensé que querrías comer algo antes.

–Querida, ¿por qué te dedicas siempre a perder el tiempo? –bromeó él antes de besarle los pechos.

Los pezones de Diana se pusieron duros rápidamente al contacto con esa ardiente boca y cuando le hundió la cabeza en el encantador valle que formaban ambos pechos. Diana seguía esos manejos con los ojos parcialmente cerrados y notando el roce de su boca en todas las zonas erógenas que estaban a su alcance.

–Me dijiste que querías que nos quedáramos en casa... –le dijo juntándose aún más a él.

Él se rió, saboreando la tontería que acababa de decirle. El cálido y masculino sonido de su risa llenó la habitación, y a ella, de paso, la llenó también de un placer radiante. La boca de Ross dejó de lado la conquista de esos preciosos pechos y se dirigió hacia arriba para encontrarse con los labios de Diana.

La mezcla de sus bocas, la de ella fresca y la de Ross caliente, aumentó aún más el placer del encuentro, a la vez que los pechos de Diana, húmedos ya de sudor y saliva, se apretaban fríamente contra el pétreo torso de su marido.

–Cuando te dije eso no estaba pensando en la comida...

Lentamente, él acercó esa cara angelical a la suya, estudiando casi cada partícula de los frescos y rosados labios que le tentaban.

La cena se olvidó por completo, ambos se perdieron totalmente en un tempestuoso océano de pasiones. Se olvidaron también del tiempo y del espacio, atentos solamente el uno del otro. Con los ojos todavía cerrados, ella continuó muy cerca del viril y masculino hombre que la estaba abrazando con tanta pasión, haciendo caso a la salvaje llamada de la naturaleza.

Diana movió también las manos recorriendo el cuerpo de Ross, proporcionándole a su vez placer con su contacto. Le desnudó, empezando por desabrocharle los botones de la camisa con una desesperante lentitud para seguir luego con los pantalones, que cayeron al suelo, dejando al descubierto sus perfiladas caderas. La dureza masculina de Ross le indicó que su deseo era tan febril y tan grande como el de ella, así que se acercó más a él, recogiendo íntimamente el cuerpo de Ross entre sus piernas suaves, envolventes y cálidas.

–Ross...

Ese nombre era para ella como un ronroneo de

placer y lo pronunció como tal, disfrutando mientras sus labios lo hacían.

Le pasó los brazos por detrás del cuello y de los hombros, sintiendo los duros y flexibles músculos de su espalda bajo los dedos.

Un trueno lejano resonó en la casa y en el exterior brilló un relámpago alumbrando el oscuro cielo del anochecer. La pasión desapareció instantáneamente del cuerpo de Diana. Era como si un viento glaciar se hubiera colado por la puerta de una habitación cálida y se hubiera llevado todo el calor.

Se apartó de él. El corazón le latía desordenadamente y tenía la respiración entrecortada. Los ojos de Diana estaban fijos en la ventana, reflejaban el miedo que tenía. Se hubiera arrojado inmediatamente contra la ventana si Ross no la hubiera sujetado con tanta fuerza que le resultó imposible soltarse.

–¡Maldición! –exclamó él haciendo que le mirara de nuevo. El enfado y la impaciencia se reflejaron en sus brillantes ojos–. ¿Qué demonios...?

–Adam... está ahí fuera.

–Ya lo sé –la voz de Ross denotaba que estaba tratando de contener la furia y la frustración–. Pero ésa no es razón...

–No puedo evitarlo, Ross.

Durante todo ese mes, Ross había tratado de no hacer mucho caso de la forma en que ella quería tratar a Adam. Había intentado comprender las razones que había detrás de lo que él consideraba solamente como sus miedos irracionales, pero ese ataque de terror de aquella noche era la gota que colmaba el vaso.

Los grandes y luminosos ojos azules de Diana le imploraban comprensión, pero él ya no estaba para comprender nada. Había recogido los pantalones del suelo y se los estaban poniendo. Diana se quedó muy quieta, como helada, mirándole, mientras un extraño vacío la invadía y la separaba de él.

Ross no iba a permitir de ninguna manera que su hijo llegara a ser tan cobarde como lo era ella. La miró a la cara, que carecía ya de cualquier expresión, y su ira se intensificó.

Conocía esa forma de mirarle demasiado bien. Era la única expresión que podía volver a abrir todas las viejas heridas que habían producido su separación. Diana estaba como en algún lugar remoto, era como si se hubiera transformado en una estatua de piedra. Así era como se había quedado después de que Tami muriera. Terminó de vestirse sin preocuparse siquiera en abrocharse la camisa.

–Bueno –le dijo sin el más mínimo asomo de simpatía en la voz–. ¿Te vas a quedar ahí toda la noche enseñándome lo que podía estar disfrutando ahora?

Diana tembló cuando empezó a darse cuenta del calor con que los ojos de Ross devoraban todavía su pálida y desnuda piel, así que logró moverse y empezó a vestirse. Él se la quedó mirando mientras lo hacía y, cuando no fue capaz de abrocharse la camisa, la acercó hacia sí y se la abotonó hasta el cuello.

Ella se estremeció al notar su cálido contacto, mezclado con el temor que le producía la fiereza con que lo había hecho. Era vagamente consciente de que dentro de él había una nueva frialdad, algo parecido a lo que había sucedido tres años antes, cuando él la había echado de casa. Sabía que era ella la que le estaba forzando a comportarse así, pero no podía evitarlo.

–Por lo menos voy a comer algo mientras tú te mueres un poco de miedo.

Diana se quedó allí mientras le veía cómo se servía la cena. Estaba claro que se iba a quedar en la cocina para evitar estar con ella.

No se preocupó de ir con él. Además, lo que sentía ahora por esa situación que se había producido no era nada comparado con el miedo que estaba pasando por Adam. Nada parecía importarle más, ni siquiera Ross. Sólo existía su miedo y él era la causa.

Otro trueno estalló, sacudiendo toda la casa. Diana cruzó la habitación de un salto, aplastó la cara contra el cristal de la ventana y escrutó las tinieblas. La lluvia estaba empezando a estrellarse contra el cristal con unas gotas gruesas y abundantes que, al deslizarse, pronto le impidieron ver nada de lo que había fuera, pero ella se quedó allí, paralizada por el terror.

Pasaron horas, pero no se dio cuenta ni del tiempo ni de su propio cansancio. Una vez, cuando entró Ross en el salón, probablemente con la intención de aplacar las cosas, le ignoró deliberadamente. De todas formas, ¿qué le podía decir si ni siquiera trataba de comprender las causas de su tormento? ¿Por qué se iba ella a preocupar por el dolor que veía en sus ojos cuando Adam estaba ahí fuera, atrapado por esa violenta tormenta?

Un poco antes de la medianoche, sonó el teléfono y, para ella lo hizo más fuerte aún que la tempestad que había fuera.

Diana se arrojó prácticamente hacia él, pero Ross lo agarró antes. Notó como un calambre cuando se dio cuenta por el tono de él de que algo había pasado.

–¿Que él qué? –preguntó Ross, y el terror la paralizó aún más.

Su propia ansiedad era tan enorme que no podía concentrarse en lo que estaba diciendo Ross. El sentido de sus palabras le llegaban como si fueran los fragmentos de una pesadilla, juntándose todo en una amalgama de horrores.

Adam y los compañeros que iban en su misma canoa se habían perdido. Habían estado echando carreras con otros muchachos y se habían pasado del sitio donde tenían que haberse quedado. Los otros les habían estado buscando durante varias horas y habían encontrado la canoa volcada contra un árbol flotante, y un par de chalecos salvavidas estaban también por los alrededores.

Si estaban vivos, Adam y los otros niños estarían entonces perdidos en el bosque. Todos los sentimientos se helaron en el corazón de Diana. Cuando Ross se acercó a ella, pálido él mismo por el dolor, Diana le apartó empujándole. Se quedó como estupefacta durante un momento, poseído por su propia agonía. Pero entonces recordó que ya había pasado eso en otra ocasión y, dolorosamente, comprendió.

Sus rasgos se endurecieron y la miró con una dureza tal que, en otra ocasión, Diana se habría puesto a temblar. Estaba exactamente igual que la noche en que la echó, pero eso no le preocupaba ahora a ella. No podía ni imaginarse que le pudiera volver a querer otra vez. ¡Él era el que había permitido que Adam fuera a esa excursión! A pesar de que esta vez no lo decía, le culpaba mucho más ahora que cuando pasó lo de Tami. Él lo pudo ver en su rostro. Pudo oír la terrible y silenciosa acusación en su mente tan

143

claramente como si se la hubiera gritado ya mil veces.

–Quiero que me prometas que vas a llamar a tu tía Patricia y le vas a decir que venga a hacerte compañía.

–De acuerdo –asintió Diana–. Pero ¿por qué?

–Voy a salir... a ver si encuentro a Adam.

Ya se estaba poniendo un brillante chubasquero amarillo y unas botas de goma que usaba habitualmente cuando tenía que ir al bosque.

–¡No te quedes ahí mirándome como si fuera un monstruo! ¡Yo no he matado a nuestros hijos! ¡Ni a Tami ni a Adam! ¿Entiendes? –le gritó mientras agarraba una enorme linterna del armario–. ¡Seguro que está bien, maldición! Tiene que estarlo... Pero tú y yo... –hizo una pausa como si meditara lo que iba a decir–. Tú y yo hemos terminado. Me tenía que haber dado cuenta hace ya mucho tiempo. No puedo vivir con una mujer que se transforma en un zombi cada vez que nuestro hijo sale por la puerta y me señala a mí con el dedo si sale mal la menor estupidez. ¡No lo aguanto más!

Así que se había acabado... como antes, pensó Diana. Había vuelto a matar su amor cometiendo el mismo error por segunda vez. Pero a pesar de que sabía que cuando pudiera sobrellevarlo se iba a ver llevando una vida solitaria y agonizante, no pudo sentir nada cuando le vio marchar desapareciendo por entre la espesa cortina que formaba la lluvia.

La tía Patricia apareció por la puerta casi inmediatamente después de que Diana la llamase, y parecía tan vivaz y despierta a la una de la madrugada como si fuera mediodía.

–¡No te preocupes, querida! –le dijo Patricia cuando vio la palidez de su rostro.

Haciéndose cargo inmediatamente de la situación, puso a hervir el que sería el primero de los incontables tés que se iban a tomar a lo largo de esa noche.

–Cuando yo era pequeña tuve un millón de aventuras como ésta. ¿Y es que te crees que Madeleine no tuvo ninguna? No te he contado la vez que...

No paró de charlar durante todas las largas y tormentosas horas que duró la espera, aunque Diana no fue capaz de atrapar más que retazos de la conversación. Su atención estaba centrada en realidad en las cosas terribles que podían estar sucediendo en el exterior. De todas formas, estaba muy agradecida por la presencia de su tía allí.

Eran casi las cinco de la madrugada cuando, en la oscura y siniestra tranquilidad que siguió a la tormenta, Diana pudo oír el ruido del motor de la furgoneta de Ross que se acercaba por el camino.

Diana salió corriendo hacia la puerta y la abrió de golpe. El largo y negro cabello le caía sobre los hombros. Salió fuera sin preocuparse ni siquiera de que iba descalza.

–Ross... Adam... ¿Está...?

Las palabras murieron casi antes de que salieran de la boca cuando la joven y vibrante voz de su hijo la llamó por su nombre. Adam la abrazó a través de la ventana abierta de la furgoneta.

–Mamá...

Diana abrió la puerta del lado del pasajero y rodeó

con los brazos a su pequeño niño, enterrando la cara en la lana mojada de su chaqueta. El muro helado que había cerrado su corazón pareció como si se fundiese y se vio inundada repentinamente por una cálida ola de afecto, amor y gratitud. Sus brillantes ojos se dirigieron entonces hacia Ross y se encontraron con su fría y dura mirada. Había en sus rasgos algo remoto e indiferente que al principio ella no comprendió.

Las lágrimas empezaron a correrle por la cara. Había estado tan equivocada, tal locamente equivocada para comportarse con él como lo había hecho... ¿Por qué le había apartado de su lado como si no significara nada para ella? Le agarró de la mano, queriendo disculparse por su comportamiento, queriendo suplicarle que la perdonara. Pero él la apartó como si ese contacto le quemara. Salió de la furgoneta con aire solitario y preocupado, y ayudó a bajarse a Adam.

—Ross... Yo... yo lo siento.

—Eso no sirve para nada ahora. Ya te dije lo que pensaba cuando me fui.

Se dio media vuelta violentamente y le dio la espalda de forma que todo lo que Diana pudo ver de él fue su amplia y poderosa espalda cuando se dirigió rápidamente a la casa llevando a Adam.

—Ross...

Pero él ignoró brutalmente esa llamada y ella recordó sus palabras: «Tú y yo hemos terminado...».

El mundo se derrumbó a su alrededor.

Capítulo Once

Mientras recorría con la uña lo que debía de ser la séptima taza de té helado que se había tomado esa noche, Diana miraba desesperadamente las herméticas facciones de su marido. ¿Por qué la tía Patricia no le dejaba en paz de una vez?

–Por supuesto que sé lo que estoy haciendo, Patricia. Quiero que se vaya mañana –le estaba diciendo Ross a su tía con un acento voluntariamente glacial.

Daba igual, Patricia no le estaba prestando la más mínima atención y era como si no hubiera dicho nada. Ella seguía en sus trece.

–Pero, eso es ridículo, querido –seguía ella ignorando su evidente y fruncido ceño, así como la cara de mal humor que se le estaba poniendo por momentos a Ross.

Patricia se sirvió la que iba a ser su decimocuarta taza de té, a pesar de que ya casi le salía el líquido por las orejas.

–Vosotros dos estáis hechos el uno para el otro, y eso lo digo desde el punto de vista médico; la situación es realmente muy simple y muy... muy salvable.

–Me importa un rábano tu punto de vista como médico o cualquier otra cosa que tengas que decir al respecto. Estás metiendo las narices en mi vida con el mismo desparpajo que Madeleine.

–¡Corta el rollo!

Patricia no estaba dispuesta a que la compararan así con su hermana.

–Madeleine lo que quiere es que os separéis.

–Es la primera vez desde que la conozco que estamos de acuerdo en algo –afirmó Ross rotundamente.

–En realidad, tú no quieres decir eso, querido. Tu orgullo masculino ha sufrido un pequeño vapuleo porque Diana te ha rechazado de la misma forma en que lo hizo cuando murió Tami. Pero eso no es razón para que se termine un matrimonio.

–¿Es que no puedes entender que hay algo más que eso? –dijo él por fin cuando llegó al convencimiento de que no le importaba lo más mínimo lo que Diana hiciera o dejara de hacer–. No puedo contar con ella cuando las cosas van mal. Quiero una mujer que permanezca a mi lado entonces, no alguien que me dé la espalda cuando más la necesito.

–Ésa es una forma perfectamente razonable de pensar con respecto a la propia esposa –asintió Patricia.

–¡Bien! Me alegro que veas las cosas como yo.

–Oh, yo no lo diría así. Quiero que sigáis juntos.

–Mira, si quieres soñar, adelante, hazlo si quieres. Yo me voy a la cama; ha sido una noche horrible.

–Pero es que resulta que hay algo que ninguno de los dos sabéis –empezó a decir Patricia–, y que puede aclarar todo este desagradable asunto, algo que tenía que haberle dicho a Diana hace ya años... pero temía que Madeleine se enfadara si lo hacía.

Ross ya estaba cerca de la puerta cuando la suave réplica de Diana a su tía hizo que se parara en seco.

–No insistas, Patricia. Es demasiado cabezota y terco como para escuchar a nadie una vez que ha decidido algo.

–¡Yo no soy nada de eso! –gritó Ross enfrentándose con ella con los ojos llameantes y haciendo que Diana apartara su dulce y triste mirada como si hubiera recibido una descarga eléctrica–. Bueno, sigamos –masculló por fin con los dientes apretados como si se estuviera esforzando testarudamente en oír lo que tenía que contarles Patricia.

–Creo que existe una razón muy válida para que Diana haya sufrido estas dos crisis que han estado a punto de dar al traste con vuestro matrimonio. Ella fue adoptada. Yo la coloqué en casa de mi hermana cuando tenía dos años y medio. Le prometí a Madeleine que nunca le iba a decir esto a nadie y lo he cumplido hasta ahora. Supongo que no tendrá ninguna importancia el que haya roto el secreto cuando con eso he ayudado a que se rehagan tres vidas.

–Adoptada... –murmuró Diana como si un millón de preguntas sin respuesta bulleran en su cerebro al mismo tiempo en que se resolvían muchos de los misterios que la habían intrigado toda la vida.

¿Quién era ella? ¿De dónde venía? Pero, por fin, ya sabía la razón por la que siempre había sentido que tenía que tratar con todas sus fuerzas de agradar a su madre, por qué era tan importante para ella alcanzar la perfección y que aprobaran sus hechos. Comprendió también la extraña alienación que le producía la casa de sus padres, y pensó que ésa podía ser también la causa de su ferviente deseo de adoptar a Adam cuando se casó con Ross.

Recordó cómo Madeleine nunca le había demostrado cariño ni la había acariciado, pareciendo siempre como reticente incluso a tocarla. La invadió un extraño alivio con ese nuevo e inesperado conocimiento de sus orígenes. Pero ¿qué tenía que ver todo eso con Ross?

–¿Y qué demonios tiene eso que ver con lo nuestro? –murmuró Ross a la vez que una extraña curiosidad se iba apoderando de él mientras miraba a su mujer con expresión de duda.

–Creo que la causa de todo esto puede ser la tragedia que provocó la separación de Diana de sus padres naturales –comenzó lentamente Patricia–. Cuando ella tenía dos años, sus padres se la llevaron de camping a Colorado y, durante una tormenta en la montaña, un árbol cayó encima de la tienda y mató a sus padres instantáneamente. Un día después, encontraron a la pobre niña, Diana, en medio del bosque; llorando y completamente aterrorizada. Al parecer, la tormenta la había despertado y, desobedeciendo a sus padres, había salido de la tienda por la noche... justo a tiempo. Creo que en su inmadura mente, pensó que el accidente se había producido porque había sido desobediente. No paraba de decir una y otra vez: «Es por mi culpa... por mi culpa...».

–Es angustioso –murmuró Ross mientras la compasión se reflejaba en sus ojos. Se acercó a su esposa y se quedó detrás de donde estaba sentada Diana, pasándole un brazo sobre los hombros.

–Por supuesto –continuó Patricia–, ahora nosotros sólo podemos especular, pero creo que Diana encerró en su subconsciente todo eso y volvió a salir impetuosamente a la luz cuando murió Tami. No podía recordar conscientemente lo que había pasado, pero en realidad, nunca lo había olvidado... Ya sabéis lo que quiero decir. Ella sabía que se había sentido antes así. Lo que no me explico es por qué no te contó esto entonces Madeleine.

–Yo nunca traté de explicarle a mamá mis sentimientos acerca de Tami. Me parecían tan extraños y me sentía tan mal. Tú ya sabes que mamá no tiene paciencia para cosas como éstas.

–Por aquel entonces yo estaba en el departamento de medicina general infantil y una de las pacientes del hospital era la mujer que se había hecho cargo de ti. Tenía la casa llena ya de niños. Era una pariente lejana de tu madre y creía que no iba a poder mantener a otro niño. En esa época, Madeleine estaba destrozada porque se acababa de enterar de que no podía tener hijos, así que ya te puedes imaginar el resto de la historia.

–Sí... –murmuró Diana.

–Creo que, en realidad, la razón por la que Diana te culpó por lo de Tami, Ross, y por la que hubiera culpado también a cualquier otra persona, era porque no podía sobrellevar la intensa culpa con que cargaba ella misma. Tenía miedo de esos sentimientos porque ya la habían poseído por completo anteriormente, cuando era una niña. Quizás puedas ahora entender por qué tiene esa inclinación a proteger tanto a sus hijos.

–Por supuesto que puedo –contestó Ross con un tono muy amable.

Patricia se los quedó mirando durante un largo rato con detenimiento y su rostro se relajó por lo que pudo ver.

–Bueno, creo que ya es hora de que deje de jugar

a ser consejera matrimonial y vuelva a casa de Madeleine. Me va a poner de patitas en la calle cuando se entere de que te he contado todo esto.

–Creo que mamá y yo vamos a descubrir una forma nueva y más sincera de entendernos la una a la otra –dijo Diana suavemente, sintiendo la más profunda gratitud hacia su tía–. Dile que la quiero, que nada podrá cambiar eso o el hecho de que ella sea en realidad mi madre.

Diana se volvió hacia Ross y le sonrió. Más tarde ya podría pensar en su adopción o en lo que eso significaba. Pero ahora quería concentrarse en su marido.

Cuando Patricia se marchó, Ross tomó a Diana entre sus brazos.

–Creo que, después de todo; voy a dejar que te quedes –le murmuró al oído.

Sus dedos se movían por entre su pelo con movimientos que le producían unos extraños escalofríos que le subían y bajaban por la columna vertebral.

–Si es que quieres quedarte conmigo, después de haberme portado como un ciego y arrogante loco, tratando de echarte de casa cuando tú estabas aterrorizada, con razón, por lo que podía pasarle a Adam. Ha sido por mi maldita culpa...

–Ross, tú puedes ser completamente arrogante... cuando crees que tienes razón –le espetó ella como si estuviera considerando en serio la posibilidad de separarse de él–. Ross...

Quería decirle lo mucho que le amaba, aunque, por alguna causa, no podía encontrar las palabras.

Pero los ojos le brillaban lo suficiente como para que él pudiera leer fácilmente lo que le pasaba por la cabeza.

Él la apretó contra su pecho. La recia fuerza de ese musculoso cuerpo pegado al suyo hizo que la invadiera una intensa y radiante alegría. El temor de pensar que le había perdido hizo que esa unión fuera aún más dulce.

–Creí que te había perdido.

–La verdad es que me estaba comportando demasiado melodramáticamente –admitió Ross–, y yo nunca podría vivir sin ti.

Los labios de ambos se unieron en un beso que fue lento y sensual, lo suficientemente excitante y profundo como para provocar la erótica respuesta que él estaba esperando,

Ross separó su boca de la de Diana y levantó la cabeza con una intensa mirada de amor brillándole en los ojos. El corazón de Diana dio un vuelco cuando vio esa mirada tan agradable y ansiada en la cara de su marido. Un revoltijo turbulento de sensaciones la envolvió mientras saboreaba esa encantadora mirada.

–Te amo, Diana. Quiero que estés siempre conmigo.

–¿A pesar de mis... defectos y de mis estúpidas equivocaciones?

–Sí. Hay algunas diferencias entre nosotros que no vamos a poder cambiar jamás y... tengo que enseñarte a conducir bien, aunque tarde el resto de mi vida... Lo que probablemente sucederá –le contestó él sonriéndole amablemente y devorando con los ojos cada uno de sus hermosos rasgos.

–Eres como un gran y viejo león con un corazón de cobarde... en lo que se refiere a los coches. Ten en cuenta que yo ya sé conducir –insistió Diana con cabezonería.

–Por lo menos, casi tan bien como Adam con ese kart por el que está tan loco –bromeó Ross–. Incluso nos podemos mudar a la ciudad, ahora que comprendo por qué no te gusta el bosque.

–Ahora sé que me amas.

–Siempre lo he hecho.

–Ya no voy a volver a tener miedo del bosque, jamás, desde que conozco la razón de mis preocupaciones. Éste es mi hogar y no voy a querer moverme nunca de aquí –le contestó ella casi enfadada.

–Ni yo... por lo menos mientras tú estés aquí. Bienvenida a casa, querida –había un sincero y muy profundo amor reflejado en esa voz.

–Nunca vamos a ser capaces de estar de acuerdo en todo –dijo ella–. Somos demasiado diferentes. Siempre va a haber problemas...

–Sí, bueno, pero ya veremos la forma de solucionarlos.

–Ross, hay algo más...

–¿Qué, querida?

–¿Quién es Linda?

–¿Celosa? –y cuando ella asintió, él sonrió ampliamente–. Bueno, ahora te toca a ti... después de cómo me torturaste con ese anciano y muy apuesto millonario tuyo.

–No has contestado a mi pregunta –continuó ella con el corazón lleno de dudas.

–Es sólo una buena amiga –le explicó suavemente y con aspecto de estarse divirtiendo con la situación.

–¿Nada más?

–Deberías conocerme ya lo suficiente como para saber que yo soy hombre de una sola mujer.

Al mirarle a los ojos, Diana supo que le estaba diciendo la verdad.

Ross la besó en la frente y luego bajó suavemente el beso hasta sus labios entreabiertos.

–¿Dónde vamos a hacer el amor? –le preguntó ella ya casi sin respiración.

–En nuestra habitación.

–¿Tendremos que subir todas esas escaleras?

–Sí.

–Oh, Ross...

Sus dedos se cerraron sobre los duros músculos del cuello de su marido.

–¿Sabes lo que quiero? –le preguntó él mientras la llevaba en brazos.

–¿Qué?

–Que pongamos aquí una casa como la que tienes en Houston. Fue la noche más curiosa de mi vida –bromeó, y sus ojos se encendieron con ese agradable y erótico recuerdo–. ¿Sabes qué, no?

–Lo único que sé es que entonces me di cuenta de que quería volver contigo, Ross. Ansiaba tremendamente que me amaras de nuevo.

–Y, como siempre, te saliste con la tuya... mi pequeña niña rica.

Su mirada la recorrió como una caricia íntima.

–¿Sabes? Para tu cumpleaños... como regalo, voy a comprar una cama colgante como la de Houston para ponerla en nuestro dormitorio. ¿De acuerdo?

Él se quedó parado en el descansillo, sujetó mejor el cuerpo que llevaba en brazos y le sonrió cariñosamente.

–Vamos a tener que elevar el techo para meter eso aquí, pero si hiciera falta, estaría hasta de acuerdo en que tiráramos la casa.

Cuando llegaron a la habitación, él la dejó en medio de la cama. Él se quedó allí al lado, iluminado por la luz del dorado amanecer. Después, la cama se balanceó al recibir el peso de su musculoso cuerpo y empezaron a besarse tan profunda y apasionadamente como pudieron. Diana le desabrochó la camisa y pudo sentir el calor de su piel desnuda a través de sus agitadas manos.

Le amaba desesperadamente y sólo pensar lo cerca que había estado de perderle, le daba la medida de lo que le necesitaba. Unas lágrimas de felicidad aparecieron en sus ojos. Las manos de Ross ya la estaban desnudando y, con los labios, seguía el sendero que iban abriendo éstas, acariciándole la suave piel de alrededor del cuello y, bajando, bajando cada vez más, besándole los pezones hasta sentirles excitados. Siguió bajando la cálida boca aún más, hasta que llegó a explorarle la exquisita y vulnerable zona donde ella era más mujer, enterrando la cabeza en su húmeda suavidad.

Ella era suya y él era suyo; en medio de la abrasadora luz del nuevo sol estaban inmersos en la blanca y cálida hora de su amor, demostrando que el erótico esplendor de sus labios era tan caliente como el fuego y que estaban dominados por pasiones tan intensamente turbulentas que no podían hacer nada más que dejarse arrastrar por ellas y dejar que sus cuerpos se consumieran en la gran hoguera del amor y del deseo.

Deseo™

En primera plana
Laura Wright

El magnate de los medios de comunicación Trent Tanford tenía una semana para encontrar esposa… o perder su imperio, pero ninguna de sus aventuras de Manhattan cumplía los severos requisitos que había impuesto su padre. Entonces Trent se fijó en la joven de la puerta de al lado. Con gafas y camisetas amplias, Carrie Gray parecía una chica inocente, ¿pero qué pensaría sobre los deberes maritales, vitales para un hombre tan viril como él? Trent tenía dinero y encanto suficientes para convencerla, pero jamás habían intercambiado una sola palabra. ¿Cómo iba a pedirle que se casara con él?

¿Estaría dispuesta a casarse por dinero?

Acepte 2 de nuestras mejores novelas de amor GRATIS

¡Y reciba un regalo sorpresa!

Oferta especial de tiempo limitado

Rellene el cupón y envíelo a
Harlequin Reader Service®
3010 Walden Ave.
P.O. Box 1867
Buffalo, N.Y. 14240-1867

¡Sí! Por favor, envíenme 2 novelas de amor de Harlequin (1 Bianca® y 1 Deseo®) gratis, más el regalo sorpresa. Luego remítanme 4 novelas nuevas todos los meses, las cuales recibiré mucho antes de que aparezcan en librerías, y factúrenme al bajo precio de $3,24 cada una, más $0,25 por envío e impuesto de ventas, si corresponde*. Este es el precio total, y es un ahorro de casi el 20% sobre el precio de portada. !Una oferta excelente! Entiendo que el hecho de aceptar estos libros y el regalo no me obliga en forma alguna a la compra de libros adicionales. Y también que puedo devolver cualquier envío y cancelar en cualquier momento. Aún si decido no comprar ningún otro libro de Harlequin, los 2 libros gratis y el regalo sorpresa son míos para siempre.

416 LBN DU7N

Nombre y apellido	(Por favor, letra de molde)
Dirección	Apartamento No.
Ciudad	Estado	Zona postal

Esta oferta se limita a un pedido por hogar y no está disponible para los subscriptores actuales de Deseo® y Bianca®.
*Los términos y precios quedan sujetos a cambios sin aviso previo.
Impuestos de ventas aplican en N.Y.

SPN-03   ©2003 Harlequin Enterprises Limited

Bianca™

Ella está embarazada… ¡y él tomará lo que por derecho le corresponde!

En el sensual calor de Río y de su carnaval, Ellie sucumbe a los encantos de su jefe, Diogo Serrador. Pero una vez le roba su virginidad, el multimillonario brasileño no quiere nada más con ella… ¡hasta que descubre que está embarazada!

Diogo no se conformará con menos que convertir a Ellie en su esposa. Su matrimonio es apasionado durante las noches, pero vacío durante el día. Ella se percata de que se encuentra en una situación imposible; el oscuro pasado de Diogo ha helado su corazón, pero ella se ha enamorado de su esposo…

Pasión en Río de Janeiro

Jennie Lucas

Deseo™

Fuego eterno
Day Leclaire

Severo Dante y sus hermanos siempre habían hecho caso omiso de los rumores sobre el Infierno, un deseo explosivo que golpeaba a los varones Dante la primera vez que veían a su alma gemela. Pero entonces Severo conoció a la diseñadora de joyas Francesca Sommers y quedó atónito por la atracción descarnada, urgente y mutua que sintieron.

Francesca, que era una estrella ascendente en una compañía rival, había creado una colección deslumbrante que podría estropear los planes de Severo de reconstruir el imperio de los Dante. Su solución: chantajearla para que aceptara trabajar para él… y algo más, hasta que la candente aventura se enfriara.

Algunas llamas jamás se pueden apagar